通识简说·国学系列

# 古人的作文
# 有多精彩

## 简说古文名篇

顾问／温儒敏　主编／郑以然

**王宁馨／著**

SPM 南方出版传媒

全国优秀出版社　全国百佳图书出版单位 广东教育出版社

·广州·

**图书在版编目（CIP）数据**

古人的作文有多精彩：简说古文名篇/王宁馨著；郑以然主编. —广州：广东教育出版社，2019.3
（通识简说. 国学系列）
ISBN 978-7-5548-1699-8

Ⅰ.①古… Ⅱ.①王…②郑… Ⅲ.①中国文学—古典文学研究—青少年读物 Ⅳ.①I206.2-49

中国版本图书馆CIP数据核字（2017）第077959号

策　　划：温沁园
责任编辑：邱　方　程　兰
责任技编：佟长缨　刘莉敏
版式设计：陈宇丹
封面设计：学建伟　陈宇丹　邓君豪
插　　图：陈露茜

古人的作文有多精彩　简说古文名篇
GUREN DE ZUOWEN YOU DUOJINGCAI
JIANSHUO GUWEN MINGPIAN
广东教育出版社出版发行
（广州市环市东路472号12—15楼）
邮政编码：510075
网址：http://www.gjs.cn
天津创先河普业印刷有限公司印刷
（天津宝坻经济开发区宝中道北侧5号5号厂房）
890毫米×1240毫米　32开本　7.75印张　155 000字
2018年6月第1版　2020年10月第2次印刷
ISBN 978-7-5548-1699-8
定价：34.50元

质量监督电话：020-87613102　邮箱：　gjs-quality@gdpg.com.cn
购书咨询电话：020-87615809

# 总　序

　　互联网的出现，尤其是智能手机的使用，让现代人获取知识的方式有了翻天覆地的改变。在我当学生的时候，是真的每天在"读"书，通过大量的阅读，获取第一手的资料，不断思考探究，构建自己的知识体系。而今天呢？一个孩子获取知识，首先想到的是动动手指，问问网络。

　　学习的方式便捷了，确有好处，但削弱了探寻、发现和积累的过程，学得快，忘得也快。有研究表明，过于依赖互联网会造成人的思维碎片化，大脑结构也会发生微妙的变化，表现为注意力不集中、记忆力减退等。看来我们除了通过网络来学习知识，还得适当阅读纸质书，用最传统的、最"笨"的方法来学习。这也是我一直主张多读书，特别是纸质书的缘故。我们读书必然伴随思考，进而获取知识，这个过程就是在"养性和练脑"，这种经过耕耘收获成果的享受，不是立竿见影的网上获取所能取代的。另外，我也主张别那么功利地读书，而是要读一些自己真正喜欢的书，也就是闲书、杂书，让我们的视野开阔，思维活跃。读书多了，脑子活了，眼界开了，更有助于考试取得好成绩。

有的小读者可能会说，我喜欢读书，但是学校作业很多啊，爸爸妈妈还给我报了很多课外班，我没有那么多时间读"闲书"呀！这个时候，找个"向导"，帮你对阅读书目做一些精选就非常必要了。比如你喜欢天文学，又不知道如何入门，应当先找些什么书来看？又比如你头脑中产生了一个问题——为什么唐代的诗人比别的朝代要多很多呢？这时候你需要先了解唐诗的概况，才能进一步探究下去。在日常的生活和学习过程中，诸如此类的小课题很多，如果有一种书，简单一点、好懂一点，能作为我们在知识海洋里遨游的向导，那就太好了。广东教育出版社出版的"通识简说"，就是一位好"向导"。

这套"通识简说"，特点就是简明扼要、生动有趣，一本薄薄的书就能打开一个学科殿堂的大门。这是一套介绍"通识"的书，也是可以顺藤摸瓜、引发不同领域探究兴趣的书。这套丛书覆盖文学、历史、社会和自然科学的方方面面，第一期先出十种，分为国学和科学两个系列。《回到远古和神仙们聊天——简说神话传说》《古人的作文有多精彩——简说古文名篇》《动物明星的生存奥秘——简说动物学》《"外星人"为何保持沉默——简说天文学》……看到这些书名你就想读了吧？选择其中一本书，说不定就能引起你对这门学科的兴趣，起码也会帮你多接触某一领域的知识，很值得尝试哟。每本书有十多万字，读得快的话，几天就能读完，读起来一点都不累。图书配的漫画插图风趣幽默，又贴合主题，也很有味道。

希望"通识简说"接下来能再出10本、20本、50本，让更多的孩子都来读这套简明、新颖又有趣的书。

温儒敏

（作者系北京大学中文系教授，部编版语文教材总主编）

# 开篇的话

亲爱的同学们：

欢迎你们翻开这本书。中国古代文学可以说是一个博大精深、经典荟萃的世界，从我们上小学开始就会陆陆续续接触到不同年代、不同风格、不同题材的古代文学作品。这里有脍炙人口的唐诗，有婉约缠绵的宋词，有洋洋洒洒的散文，有华丽铺陈的辞赋，还有描写各种英雄豪杰、精灵鬼怪的古代小说……无论是何种体裁，它们都是中国古代文学宝库里不可缺少的珍宝。当然，在你们今后的学习中，语文老师也会为你们介绍很多优秀的古代文学作品，但是，课本中的篇目只是文学宝库的冰山一角，在没有收录的文学作品之中，还有非常多值得一读的精彩文章。本书介绍的就是这些精心挑选出来的经典古文。所谓古文，通俗点说就是古人的作文，这其中包含了史书、语录、民歌、辞赋、散文、小说、戏曲等多种艺术形式，多姿多彩，充满趣味。

本书将沿着中国历史的脉络，从先秦时期开始，历经春秋、战国、两汉、三国、魏晋、隋唐、两宋，直到明清时期，介绍那些在历史长河之中璀璨闪耀的文学明珠。古代的文学家通过文学创作，或记叙历史故事，或描写山水风光，或歌颂传奇人物，或表达远大志向。

中国古代文学深受中国历史和文化的影响，几乎每一个时代都诞生了独特的文学体裁。这些文体在历史的长河中不断地渗透、影响、交流和融合，显示了中国文学强大的生命力和独特的魅力，吸引了一代又一代文人墨客在史书上留下自己光辉灿烂的一笔。

要说中国文学的源头，那就是远古时期的神话与歌谣。在遥远的原始社会，人们很难用他们仅有的知识来解释一些自然现象。于是他们插上想象的翅膀，幻想出了很多生动又离奇的神话故事，来解释世间万物的生成与毁灭，比如精卫填海、女娲补天、后羿射日、嫦娥奔月、夸父追日，等等。这些传说故事寄托了我们的祖先对于人类战胜自然、主宰自我命运的美好期望，也让我们深深体会到了先人们对于美好幸福生活的追求。

先秦时期的文学以诗歌、散文等为主。诗歌又以《诗经》、楚辞为代表。"风、雅、颂、赋、比、兴"是《诗经》的"六义"，也就是《诗经》的六个重要特征。我们都非常熟悉的爱国诗人屈原则是楚辞的代表人物。这一时期还诞生了很多精彩的散文，这些散文大概可以分为两种题材，一种是历史题材，记述了春秋战国时期各国诸侯交往纷争的历史事件，比如《左传》《国语》《战国策》等；另一种是当时大思想家的散文著作或者语录，闪耀着思想家的智慧火花，儒家、道家、法家、墨家、阴阳家、纵横家、小说家、杂家、农家等"诸子百家"，流派纷呈，形成百家争鸣的局面。这些思想对中国人的世界观、人生观、价值观等影响巨大，如《论语》《孟子》《庄子》等儒家、道家的思想观念，对中国古代知识分子和社会各个阶层的人都产生着深远的影响。他们的思想，早已经潜移默化地融入中华民族的血液里，就连现代社会所提倡的尊敬师长、团结同学、孝敬父母的优秀品质，也都是从先秦思想家的智慧之中代代相传而来。所以说，尽管先秦时代距离今天的你我非常遥远，但是它的精神从来不曾远离我们的生活，并且会一直影响下去。

先秦时代随着秦始皇统一中国而终结，历史翻开了崭新的一页。秦汉时期的文学以散文、汉赋和乐府民歌为代表。司马迁的《史记》以"不虚美，不隐恶"的"实录"精神，记述了我国上自传说中的黄帝，下至汉武帝时代的三千多年间的历史。鲁迅先生称赞《史记》是"史家之绝唱，无韵之《离骚》"，对于我们能够清晰地认识那段历史，有着非常重要的意义。本书从司马迁的一篇自诉衷肠的传世名篇《报任安书》入手，为大家介绍这位史学大家的坎坷人生和他撰写《史记》百折不挠的顽强精神。

汉朝的皇帝在官府特地设立了"乐府"，用来收集和整理民间的歌谣，并重新谱曲传唱。这种传统持续了多个朝代，收集了大量民间百姓创作的精彩作品。这些美丽的歌谣流传到今天，被称作"乐府民歌"。这在我国诗歌发展史上，是继《诗经》、楚辞之后，第三个重要的发展阶段。其中《木兰辞》和《孔雀东南飞》因为文学造诣极高，被后人赞为"乐府双璧"，意思就是这两首是乐府民歌里两块最美丽的宝玉，足见它们高超的艺术水平。本书收录了从汉朝一直到南北朝时期的乐府收集来的著名民歌三首，从这些乐府民歌里，我们不但能够领略当时的社会风俗和自然风光，还能感受到他们对于和平年代和幸福生活的渴望。

　　到了三国魏晋南北朝，文学又有了新的面貌。魏晋文学是在"玄学"这种思辨哲学的影响下形成的。魏晋时期的大文学家开始在自己的作品中表现出一种强烈的忧患意识和苦闷情感，并且极力展现自己的独特个性。例如我们都很熟悉的历史人物，魏国的丞相曹操，他就是一个伟大的文学家。而他的两个儿子曹丕和吟过"七步诗"的曹植，在文学方面也有非常高的成就，他们父子三人被后人称作"三曹"。"三曹"的文学作品彰显着悲凉慷慨、刚健有力的风格，被称为"建安风骨"。本书就精选了曹植的《洛神赋》，让同学们在品味华丽修辞和神秘意境的同时，也能了解到隐藏在这篇文章背后的传说故事。

　　更有趣的是，小说到魏晋南北朝时期开始兴盛起来。刘义庆的《世说新语》就是这一时期的代表作品。魏晋时期，嵇康、阮籍、山涛、向秀、刘伶、王戎及阮咸七人，常在当时的山阳县竹林之下喝酒、纵歌，肆意酣畅，世谓"竹林七贤"。也许我们都听说过"竹林七贤"，但是你了解他们的真实生活究竟是怎样的吗？他们之间到底发生过哪些有趣的故事呢？《世说新语》就为我们讲述了"竹林七贤"和他们的家人朋友的故事。本书选取了《世说新语》中描写"竹林七贤"高洁品格和纵情生活最为精彩的段落，让我们能够感受到"竹林七贤"的潇洒风度。

　　到了唐代，中国的文学继续迎来新发展。唐代是古代文

古人的作文有多精彩

4

学发展的黄金时期，唐诗是我国文学的骄傲，流传下来的诗歌有四万多首。涌现的伟大诗人有李白、杜甫等，他们的创作是后人创作的范本，他们把中国古代诗歌推到了历史的最高峰。除了诗歌以外，唐代文学还包括丰富多彩的文体：散文、唐传奇、话本等，它们共同造就了唐代文学的繁荣。著名文学家柳宗元被贬为永州司马时，借写山水游记书写胸中愤郁，其中最著名的八篇游记散文被称作"永州八记"，如《小石潭记》就是"永州八记"中的佳作。柳宗元的寓言故事也写得非常精彩，他借寓言故事中的各种小动物来讲述为人处世、治国安邦的大道理，值得我们仔细品味。

唐代还有一种非常有趣的文体就是唐传奇。像小说故事一样，唐传奇的题材非常广泛，有的讲述了神灵鬼怪的传奇故事，有的记载了皇宫贵族的秘闻传说，有的描写了疾恶如仇的英雄侠客，有的歌颂了缠绵悱恻的爱情故事。各种各样的传奇故事全面地描绘了唐朝的市井风貌和人间百态，非常精彩，引人入胜。本书就选择了两篇非常著名的唐传奇作品《李娃传》与《霍小玉传》，为大家讲述唐代两位敢爱敢恨的传奇女性的精彩故事。

宋代文学以诗歌、词、散文和话本小说为主要形式。内容与时代息息相关，具有承前启后的作用。宋代的文章主要反映社会现实，指陈时弊。我们熟悉的"唐宋八大家"中有六家是宋代的文学家，欧阳修、王安石、"三苏"父子和曾巩的散文各具特色，富于时代精神，并且有汪洋恣肆的议论。本书选取了一位我们都非常熟悉的文学家，东坡先生苏轼，他的散文题材丰富，文风平易自然、流畅婉转。本书从他的一篇清新舒朗的山水游记开始，带领大家领略这位"坡仙"豪迈旷达的人生态度。

本书选择的另一位宋代的文学大师则是一位传奇女性，也是宋词史上成就最高的女词人——李清照。你们可能会觉得奇怪了，平时只读过李清照的词，难道她还会写文章吗？没错，李清照不但会写文章，而且她的文章也跟她的词一样，情真意切，非常精彩。《金石录后序》就是一篇李清照带有自传性的散文，李清照在这篇散文里，回忆了她与赵明诚结婚后34年间的悲喜故事，婉转曲折，情意绵绵，是一篇风格清新、词采俊逸的古文佳作。

明代文学的主要成就是小说和戏曲。明代小说无论长篇还是短篇都呈现了空前的繁荣。像脍炙人口的古代小说四大名著，其中有三本都是在明代诞生的。产生于元末明初的长篇历史小说《三国演义》开辟了章回小说的先河，与英雄传奇小说《水浒传》一道总结历史，反映深刻现实。神魔小说以《西游记》为代表，成功塑造了孙悟空、猪八戒、唐僧、众妖等形象，作品描写细腻，情节曲折，引人入胜，非常具有时代特色。

明代的短篇小说也非常繁荣，主要反映了市民阶层的生活，善于以小人物作为小说主角，出现了冯梦龙的"三言"（《喻世明言》《警世通言》《醒世恒言》）、凌濛初的"二拍"（《初刻拍案惊奇》《二刻拍案惊奇》）等小说集。明代的戏曲成就也非常显著。"临川先生"汤显祖的

古人的作文有多精彩

《牡丹亭》是其中的代表作。《牡丹亭》以"情"与"理"的矛盾为焦点，体现了反对封建礼教、要求个性解放的思想。文采华丽，辞藻丰富，在当时影响很大。

到了明朝末年，山河破碎，政治动荡，很多经历了国破家亡的明代文学家走上了避世退隐的道路，他们回忆着故国昔日的繁华景象，抒发着国破家亡、物是人非的伤痛。这其中的代表人物就是张岱。张岱出身明末的贵族家庭，在富庶的江南地区生活。他的代表作《陶庵梦忆》就是记述自己亲身经历过的杂事的著作，它详细地描述了明代江南地区的社会生活，如茶楼酒肆、说书演戏、斗鸡养鸟，以及山水风景、工艺书画等。文风清新明快，描写生动细致，在种种繁华美好的回忆背后，却蕴含着国破家亡的苦痛和血泪。本书选取了《陶庵梦忆》中的几篇小品文，带大家一同领略古代江南的繁华景象，体会那物是人非、繁华似梦的伤痛。

清代文学是中国封建社会后期的文学。样式繁多，各具特色，以小说成就最大。清代的小说作者着重对社会现实和人生命运进行周密而又全面的剖析和反思，有着极大的社会影响力。蒲松龄的《聊斋志异》是用文言文写成的短篇小说集，广泛收集了各种鬼狐志怪传说。像我们在电影、电视剧中所熟知的小倩、婴宁、画皮等故事那样，《聊斋志异》成功地塑造了众多的艺术典型，人物形象鲜明生动，故事情节曲折离奇，结构布局严谨巧妙，文笔简练，描写细腻，堪称文言短篇小说的巅峰之作。然而，《聊斋志异》并不单单是我们印象中写"鬼故事"的书，其中很多故事具有深刻的社会意义和艺术价值。本书选择了《聊斋志异》中的两篇小说，同学们能从中全面地了解这本神奇的书。

另外，清代还诞生了中国古典小说的巅峰之作——曹雪芹的《红楼梦》。《红楼梦》是一部具有世界影响力的小说作品，被翻译成多种语言在世界各地发行。它被称作中国封建社会的百科全书、传统文化的集大成者。小说以贾、史、王、薛四大家族的兴衰为背景，以贾府的家庭琐事、闺阁闲情为脉络，以贾宝玉、林黛玉、薛宝钗的爱情婚姻故事为主线，刻画了以贾宝玉和金陵十二钗为中心的人物的人性美和悲剧美。曹雪芹运用自己高超的文学技巧，把《红楼梦》构筑成一座全面反映封建社会现实的文字城堡，非常值得我们一读再读。

总之，文学存在于社会的各个角落中，它能够跨越空间的限制，穿越历史的长河；它能够净化我们的心灵，能够让我们构建高尚的精神壁垒，能够让我们的身心得到不断的升华。在中国古代文学的发展历程中，每一时刻都有耀眼的星光和精美的浪花。让我们跟随古人的脚步，走进古代文学的神圣殿堂，从一篇篇古人的作文里，感受沉甸甸的历史与文化，体会其中孕育滋养的民族精神。这些文章影响着我们民族的性格，永远值得我们去学习和继承。

那么，让我们一同走进古代文学的精彩世界吧！

目

录

第一章　无邪的年代里用民歌吟唱生活

　　　　——《诗经》三首 / 1

第二章　圣人君子有怎样的行为准则

　　　　——《论语》节选 / 12

第三章　孟子给君王提建议的智慧

　　　　——《孟子·齐桓晋文之事》/ 24

第四章　庄子教你如何实现远大的理想

　　　　——《庄子》节选 / 41

第五章　一枝一叶总关情，屈原笔下的"香草美人"

　　　　——《离骚》节选 / 51

第六章　官府的音乐机构收集来的民间歌辞

　　　　——乐府民歌三首 / 62

第七章　怎样的人才能写出"史家之绝唱，无韵之《离骚》"

　　　　——《报任安书》/ 74

第八章　华丽铺陈的三国辞赋背后有着怎样的传说故事

　　　　——《洛神赋》/ 86

第九章　江郎才尽之前究竟有怎样的绝世文采

　　　　——《别赋》/ 101

第十章　琼林玉树，笑傲风尘，"竹林七贤"的潇洒风度

　　　　——《世说新语》节选 / 112

第十一章　唐朝大诗人笔下的讽刺小寓言

　　　　——《三戒》（《临江之麋》《黔之驴》和

　　　　《永某氏之鼠》）/ 129

第十二章　唐传奇中鲜明独特的女性

　　　　——《李娃传》与《霍小玉传》/ 143

第十三章　真情流露，祭文绝唱

　　　　——《祭十二郎文》/ 153

第十四章　东坡先生散文里的疏旷襟怀

　　　　——《后赤壁赋》/ 165

第十五章　一代词宗李清照的坎坷人生

　　——《金石录后序》/ 177

第十六章　清新的江南民俗小品文与背后的感时伤世

　　——《陶庵梦忆》节选 / 190

第十七章　穿越时空的生死之恋

　　——《牡丹亭》节选 / 201

第十八章　料应厌作人间语，爱听秋坟鬼唱诗

　　——《聊斋志异》两篇 / 211

第十九章　中国古典小说的巅峰之作

　　——《红楼梦》节选 / 222

# 第一章

# 无邪的年代里用民歌吟唱生活

## ——《诗经》三首

3000多年前的古人是怎样衣食起居、怎样征战徭役、怎样生老病死的？你能想象吗？今天的我们坐在家里，通过古人的作品就能够知晓。我们能够领略3000多年前的山水风光，能够认识古时候的草木虫鱼，甚至古人的嬉笑怒骂都宛在耳边。这种跨越千年的神奇对话，是依靠民歌的流传才得以实现的。令我们感到庆幸的是，3000多年前的歌声被记录在了书本当中，使今天的我们也能够感受到他们的喜怒哀乐。这部伟大的作品就是《诗经》。

　　《诗经》是中国最早的一部诗歌总集，共311篇，因此又称为"诗三百"。《诗经》反映了周代初年至春秋时期约500年间的社会面貌，在内容上分为《风》《雅》《颂》三个部分。《风》是各国各地的民间歌谣；《雅》是周人的正声雅乐，又分《小雅》和《大雅》；《颂》是周王庭和贵族宗庙祭祀的歌曲，又分为《周颂》《鲁颂》和《商颂》。《诗经》的主要表现手法可以总结为"赋、比、兴"，与"风、雅、颂"合称《诗经》的"六艺"。

　　孔子曾概括《诗经》宗旨为"思无邪"，并教育弟子读《诗经》以作为立言、立行的标准。《诗经》内容丰富，反映了劳动与爱情、战争与徭役、压迫与反抗、风俗与婚姻、祭祖与宴会，甚至天象、地貌、动物、植物等方方面面，是周代社会生活的一面镜子。

在《诗经》中，以《风》的部分成就最高最为精彩。《风》又称《国风》，收录的是各诸侯国的民间歌谣。《国风》包括《周南》《召南》和《邶风》《鄘风》《卫风》《王风》《郑风》《齐风》《魏风》《唐风》《秦风》《陈风》《桧风》《曹风》《豳（bīn）风》，也称为"十五国风"，共160篇。

《国风》是《诗经》中的精华，是中华民族文艺宝库中璀璨的明珠。《国风》中的周代民歌通过绚丽多彩的画面，反映了劳动人民真实的生活，表达了他们对受剥削、受压迫处境的不满和争取美好生活的信念，是中国现实主义诗歌的源头。

大体来讲，《国风》的民歌主要有以下几种题材：

（1）表现爱国主义情操和对统治阶级丑恶行径的揭露。如《鄘风·载驰》表达了许穆夫人为拯救祖国于危亡之中而奔走的崇高爱国精神；《陈风·株林》揭露了陈灵公的荒淫无耻；《鄘风·相鼠》则对统治者进行了无情的鞭笞；《豳风·东山》描述战后农村的破败景象，揭示了战争给人民带来的不幸和痛苦，表达了人民对和平与劳动生活的渴望。

（2）表达人民反抗剥削压迫的愿望和对徭役的痛苦与反感。如《豳风·七月》描述了农奴被剥削、压榨，终年辛勤劳动和痛苦的生活；《魏风·伐檀》揭示当时社会不合理的现象，对不劳而获者提出了质问和抗议；《唐风·鸨羽》写出了久困王事，在沉重的徭役压榨下人民痛苦的呼号；而《王风·君子于役》则从征夫家属的角度，表示了对兵役、徭役的愤怒与不满。

（3）表达爱情、婚姻和劳动人民的日常生活场面。如《周南·关雎》写了一个青年男子大胆、率真地表露对一位美丽姑娘的相思之情；《召南·摽有梅》写一个女子唯恐青春易逝而急于求偶的热切心情，大胆泼辣、真挚动人；《邶风·静女》写一对青年男女幽会，富于生活情趣。

本章分别介绍一下《国风》中的三首民歌，让我们一同深刻体会古人跨越千年传达的心声吧。

### 魏风·硕鼠

硕鼠硕鼠，无食我黍！三岁贯女，莫我肯顾。逝将去女，适彼乐土。乐土乐土，爰得我所。

硕鼠硕鼠，无食我麦！三岁贯女，莫我肯德。逝将去女，适彼乐国。乐国乐国，爰得我直。

硕鼠硕鼠，无食我苗！三岁贯女，莫我肯劳。逝将去女，适彼乐郊。乐郊乐郊，谁之永号？

首先，我们会注意到这首诗分成三段，每一段的字句都很相似，这就是《诗经》中民歌的一大特征——
"重章叠句"。

《诗经》的句式，以四言为主，四句独立成章，其间杂有二言至八言不等。四字句节奏鲜明而略显短促，重章叠句和双声叠韵读来又显得回环往复，节奏舒卷徐缓。《诗经》的重章叠句，不仅便于围绕同一旋律反复咏唱，而且在意义表达和修辞上，也具有很好的效果。

《诗经》中的重章，许多都是整篇中同一诗章重叠，只变换少数几个词来表现动作的进程或情感的变化。如这首《魏风·硕鼠》就是如此，三章里只换了几个词，就描述了大老鼠偷吃粮食的整个过程。复沓回环的结构，灵活多样的用词，只在第三章的结尾一句以反问句式来加深感情。三章的情感层层递进，直到最后一句迸发出"谁之永号"的诘问，表达了劳动人民对剥削阶级的激烈反抗，对自由幸福生活的向往与难以实现的绝望慨叹，一咏三叹，扣人心弦。

这首诗翻译过来大概是这样的意思：

大老鼠啊大老鼠，不要偷吃我的黍。多年一直侍奉你，你却从不顾怜我。我发誓要离开你，去那安逸的乐土。乐土乐土真安逸，是我理想栖身处。

大老鼠啊大老鼠，不要偷吃我的麦。多年一直侍奉你，你却从不顾怜我。我发誓要离开你，去那安逸的乐国。乐国乐国真安逸，劳动价值归自己。

大老鼠啊大老鼠，不要偷吃我禾苗。多年一直侍奉你，你却从不犒劳我。我发誓要离开你，去那安逸的乐郊。乐郊乐郊真安逸，谁会长叹加哭号？

整首诗纯用"比"的手法，用"硕鼠"来比喻残忍的剥削者。三章都以"硕鼠硕鼠"开头，直呼奴隶主剥削阶级为贪婪可憎的大老鼠、肥老鼠，以丑陋又狡黠、性喜窃食的老鼠形象来比拟贪婪的剥削者十分恰当，并以发出严厉的警告"不要偷吃我的庄稼"来表现出诗人对其愤恨之情。

三四句进一步揭露剥削者贪得无厌而寡廉鲜耻。古文中的"三岁"其实指的就是很多年，并不是具体三年。而文中的"女"则都是"汝"，也就是"你"的意思。这里是作者在细数自己对硕鼠的付出：照顾你、养活你很多年，你却不肯照顾和恩惠我，甚至连一点安慰也没有。这里就体现了"大老鼠"和作者的关系是对立的，是百姓在用自己辛勤耕耘的血汗供养着这些剥削他们的统治者。

后四句更以雷霆万钧之力喊出了他们的心声："逝将去女，适彼乐土。乐土乐土，爰得我所。"作者认识到自己受到了剥削和压迫，并没有委曲求全选择妥协，而是公开宣布"逝将去女"，决计反抗，不再养活"汝"。一个"逝"字表现了诗人决断的态度和坚定的决心。

这首言辞坚决、情感浓烈的民歌，表达着劳动人民对生活的美好憧憬，也寄托着他们在长期生活和斗争中所孕育的社会理想，更标志着他们新的觉醒与反抗。王侯将相宁有种乎？正是这种反抗意识的觉醒和对美好生活的无限向往，启发和鼓舞着一代又一代劳动人民为挣脱压迫和剥削不断斗争。

### 周南·卷耳

采采卷耳，不盈顷筐。嗟我怀人，寘彼周行。

陟彼崔嵬，我马虺隤。我姑酌彼金罍，维以不永怀。

陟彼高冈，我马玄黄。我姑酌彼兕觥，维以不永伤。

陟彼砠矣，我马瘏矣，我仆痡矣，云何吁矣。

本章选择《卷耳》这首诗是因为其独特的艺术魅力。这首诗的叙述口吻并不是一个人，而是夫妻二人各自的内心独白，这种设计非常巧妙，值得同学们欣赏。

首先，我们先来了解一下这首诗歌的大意：

采呀采呀采卷耳，半天不满一小筐。我啊想念心上人，菜筐弃在大路旁。

攀那高高土石山，马儿足疲神颓丧。且先斟满金壶酒，慰我离思与忧伤。

登上高高山脊梁，马儿腿软已迷茫。且先斟满大杯酒，免我心中长悲伤。

艰难攀登乱石冈，马儿累坏倒一旁，仆人精疲力又竭，无奈愁思聚心上！

可以看出这首诗歌分为四个章节，由女子在采集卷耳的劳动中想起了她远在边关的丈夫开始，想象她的丈夫在外经历险阻的心理活动。

这首诗只有第一章是实写一名采摘卷耳的女子，在劳动的过程中思念她那在边关服役的丈夫。对丈夫的思念比山高比海深，非常痛苦非常绝望，完全没有心思继续摘野菜了，就把装着卷耳的小筐丢弃在大路旁。

她看着眼前宽阔的路，想起多年以前自己也是在这条大路上送丈夫远行的。不知道那边关险恶的地势，可否还有这样宽阔的路方便丈夫行走呢？她自己也知道当然不会有，边关只有巍峨的高山和坎坷的山间小路，只有疲惫瘦弱的马儿和她那已经快记不清长相的丈夫。

于是她想着想着就产生了幻觉，仿佛自己已经飞到了远方的丈夫身旁，看到他在山间崎岖的小路上蹒跚前行，看到他也是一样满脸愁容思念故乡，看到他停下疲惫的马儿，在路边斟满一杯酒，想要借着酒意来缓解心中无法回家的悲伤。

这一切仿佛真实场景历历在目，却都是女子的想象，这份想象寄托着一个孤单妻子的思念，所以显得格外细节

古人的作文有多精彩

逼真，甚至读者仿佛都能看到，这位远行的丈夫在崎岖的山路上倚着马儿唉声叹气的愁苦模样；仿佛也能听到，这位丈夫招呼着随从斟满手中的酒杯，来浇灌心中的悲伤。

《卷耳》四章，第一章是以思念征夫的妇女的口吻来写的，后三章则是以思家念归的备受旅途辛劳的男子的口吻来写的。犹如一场表演着的戏剧，男女主人公各自的内心独白在同一场景同一时段中展开，使得诗歌的意境格外开阔，非常迷人。

别离与怀念是我们每一个人都会有的体验，这个主题也成为历朝历代文人墨客所关注的话题。《卷耳》这首小诗，短短几行就描绘了一幅生动又梦幻的怀人场面，它所描绘的情感体验让后代每一位读者都产生了深刻的共鸣。

### 邶风·静女

静女其姝，俟我于城隅。爱而不见，搔首踟蹰。

静女其娈，贻我彤管。彤管有炜，说怿女美。

自牧归荑，洵美且异。匪女之为美，美人之贻。

爱情诗也是《国风》的一个重要组成部分。在那个民风淳朴、纯真无邪的年代，爱情也是炽烈又直接的表达，尤其是女孩子有勇气主动追求自己欣赏的男子，一起约会并给情郎送上自己精心准备的定情信物。这一首《静女》所讲述的就是这样的一个故事。

诗歌的大意是：

娴静姑娘真漂亮，约我等在城角旁。视线遮蔽看不见，搔头徘徊心紧张。

娴静姑娘真娇艳，送我新笔红笔管。鲜红笔管有光彩，爱她姑娘好容颜。

远自郊野赠白茅，诚然美好又珍异。不是荑草长得美，美人相赠厚情意。

这首诗是以男子的口吻来写的，但通过这位男子对恋人外貌的赞美，对恋人情真意切的称赞，我们也能看出，这是一位非常美丽的姑娘，气质优雅娴静，与小伙子约好在城墙角落会面。这个痴情的男子一大早就赶到了约会地点，急不可耐地张望着，却被树木房舍之类的物体挡住了视线，看不到佳人的身影。于是只能抓耳挠腮，一筹莫展，在原地走来走去，十分焦躁不安，栩栩如生地塑造出一位恋慕至深、如痴如醉的有情人形象。

而诗的第二和第三章，则是这位男子回忆以往与恋人相处的情形。佳人赠送自己鲜红的笔管做礼物，那美丽的光彩就好像心爱女子的容颜一般夺目。佳人赠送自己白茅草，自己把它当作珍贵的宝物一般，并不是因为这白茅草有多美丽，而是因为这是心上人送的。

读完最后两章，相信你我都会发出会心的微笑。照理说，彤管比荑草要贵重，但男主人公对受赠的彤管只是说了句"彤管有炜"，欣赏的是它鲜艳的色泽；而对受赠的普通荑草却由衷地大赞"洵美且异"，欣赏的不是其外观而别有所感。原来，荑草是她跋涉远处郊野亲手采来的，物微而意深，千里送鹅毛，礼轻情意重，不在礼物的贵贱，重的是情感的寄托。这种爱屋及乌的反应，也与第一章以"爱而不见，搔首踟蹰"的典型动作刻画人物的恋爱心理首尾呼应，别具真率淳朴之美。读完此诗，那位痴心小伙子的一腔真情，想必会让你也深受感动！

篇幅有限，本章也只能为各位同学介绍这三首《诗经·国风》之中的佳作啦。无论是抨击剥削阶级统治者、怀念边关服役的亲人还是与心上人的城墙下约会，都是为今天的你打开一扇窗，让你能够更近距离地体会千百年前古人的真实生活，在那"思无邪"的年代里，与勤劳淳朴、勇敢善良的劳动人民一同哭泣欢笑，一同讴歌劳动和爱情，一同憧憬美好的未来。如果你喜欢上了这种体验，就赶紧找来《诗经》全书读一读吧！

# 第二章

# 圣人君子有怎样的行为准则

## ——《论语》节选

古时候，在很多城市里都有一座非常宏伟的建筑，有的地方称作"文庙"，有的地方叫"孔庙"，还有的地方叫"夫子庙"。无论名字如何，它们都有同一个功能，就是纪念和祭祀我国历史上一位伟大的思想家、政治家和教育家。聪明的你一定已经猜到了他是谁，没错，他就是孔子。

孔子的名字叫丘，所以也有书上称他为孔丘。在古代，直接称呼古人的名字是不礼貌的行为，为了避免直呼姓名，在男孩子长大成人的时候，他的老师和家长会另外取一个跟男孩的本名相关联的别名，就称作字。一般古人在交朋友的时候，就会称呼对方的字表示敬意，因此也把字称为表字。这种习俗起源于商朝，盛行于周朝，再后来就形成了一种制度，一直延续到了近代。像李白字太白，毛泽东字润之，孔子的表字就是仲尼。

孔子又被称作孔夫子，在英文中有一个专门的词"Confucius"，这个词就是"孔夫子"的音译。孔子出生在春秋时期鲁国陬邑，也就是今天的山东省曲阜市。今天在曲阜市还保存有孔府、孔林和孔庙，流传着大量关于圣人的传说。

孔子是中国历史上伟大的思想家、教育家，他开创了私人讲学的风气，是儒家学派的创始人。儒家学派是中国历史上最大的一个思想流派，被历代帝王推崇为社会的主流思想。因此，从古至今，儒家思想都潜移默化地影响着中国人的思维方式和行为准则，就连如今的"尊敬师长、孝敬父母、团结同学"等学生守则，也是源自儒家思想。

孔子有如此伟大的功绩和成就，自然在历朝历代也有着非常崇高的地位。他被后世的统治者加封了很多头衔，如孔圣人、至圣、至圣先师、大成至圣文宣王先师、万世师表，等等，足以看出孔子的历史地位。孔子的儒家思想对中国乃至全世界都有深远的影响，联合国教科文组织曾列出了"世界十大文化名人"，他们分别是孔子、柏拉图、亚里士多德、哥白尼、牛顿、达尔文、培根、阿奎那、伏尔泰、康德。我国在世界各地所建立的推广汉语和中华文化的文化交流机构也被命名为"孔子学院"。孔子的名字传遍了世界。

了解了孔子如此响亮的名号和崇高的地位后，你一定会好奇他的思想理论究竟对今天的我们有什么启发。想了解孔子的思想精华，就不得不读《论语》。

《论语》是由孔子的弟子和再传弟子编写而成的，所谓再传弟子就是孔子学生的学生。《论语》是儒家学派的经典著作，主要记录的就是孔子和他的学生的言谈和行为，较为集中地反映了孔子的思想。

《论语》主要是以语录的形式来记录孔子和他的学生的言论，另外还运用叙事的手法来记录孔子和学生的行为，像一则则小故事一样，非常短小、生动并且容易理解。因此，《论语》这本书也成了从古至今的学生必读的启蒙教材之一，历史上鼎鼎大名的"四书""五经"之中的"四书"就是指《论语》《大学》《中庸》《孟子》四本书。

让我们一起走进《论语》的思想殿堂，来了解孔子的思想精华对今天的我们有怎样的启迪吧。

要说《论语》中的思想，与今天的我们最为息息相关的，莫过于孔子教导我们如何做一个"君子"。"君子"这个概念可以说是孔子思想中最重要的部分之一，在孔子的思想当中指的就是那些具有崇高道德品格的人，这种崇高的品格可以用一个字概括，那就是"仁"。

子曰："巧言令色，鲜矣仁！"

"巧言"指的就是花言巧语；而"令色"是指装出好的脸色来欺骗对方。巧言令色在今天也成为一个成语，用来形容那些花言巧语、装模作样的人。孔子说的这句话的意思就是：巧言令色的人，很少有能做到仁的。

"仁"在孔子心中的地位非常高，他的许多弟子都非常出色，他都不肯轻易称赞他们一个"仁"字。这里的"仁"字，是作为一名君子应该具有的品质，有三层含义：

第一，孔子曾经讲过这样的话：如果你不能给一个人衣服，你就不要问人家冷不冷；如果你不能给人提供住宿的地方，就不要问人家住下没有，住哪里；如果你不能向人家提供帮助，就不要问人家有没有困难。

这就是说，孔子认为那种空口说好话，只用嘴安慰人的人，是今天人们心目中的伪君子。想做好人，又不肯付出，这种人自然也不会有什么仁德。

因此，孔子教导我们作为一名君子的第一个品质，就是做一个有诚信、守信用的人，言出必行，不夸海口。

第二，还有一种人，希望取悦所有的人，希望所有的人都喜欢自己，希望所有的人都说自己好。

对此，孔子说："乡愿，德之贼也。"意思就是，没有是非观念的好好先生，是足以败坏道德的人。

"贼"在古代跟今天所指的小偷有不同的意思，贼在古代有害虫的含义。因为孔子所处的春秋时期是农业社会，大家都以种田为生，所以对农田里的害虫特别痛恨，孔子这句话的意思是没有是非观念的老好人就是戕害道德的害虫。因为一个人如果想取悦所有的人，必然要放弃道德原则，一旦自己所信奉的道德准则都被丢弃了，那这个人肯定做不了君子。

孔子告诉我们作为一名君子的第二种品质就是要秉持正确的是非观念，坚守做人的原则，做一个正直的人，不

古人的作文有多精彩

阿谀奉承。

比如在《论语》的"子路"篇中就记载了一个关于君子的是非观念的小故事。子贡是孔子的学生，他曾经向孔子请教过这样一个问题，子贡问曰："乡人皆好之，何如？"子曰："未可也。""乡人皆恶之，何如？"子曰："未可也。不如乡人之善者好之，其不善者恶之。"

意思就是，子贡问孔子："如果一个人能做到让一个乡的人都喜欢自己，说自己好，您认为好不好呢？"孔子说："不好。"子贡又说："那让一个乡的人都讨厌他，厌恶他，又怎么样呢？"孔子说："不好。不如做到让这个乡里的好人都喜欢他，认为他好，坏人都讨厌他，厌恶他。"

也就是说，作为一名君子要有起码的道德原则，一个有原则的人绝不会努力去讨好每一个人。

第三，孔子所认为的君子的第三种品质就是，不要为了讨好别人而做违背自己心愿的事情。投机取巧，左右逢源，是小人才会追求的事，正人君子是不会这样做的。

因为这种人的存在，破坏了原有的良好秩序，他们通过一种投机取巧的方式来试图达到目标，孔子是非常反感这样的人的。

在《论语》的"公冶长"篇里记载了一个小故事：有个人叫微生高，有人跟他借醋，他的家里没有，专门跑去邻居家借了醋再给这个人。

孔子对此评价说："孰谓微生高直？或乞醯焉，乞诸其邻而与之。"

意思是说，别人跟你借醋，你如果没有，只要说一声抱歉，这件事情对你而言就已经结束了，剩下来的事情是人家继续找人借。你现在跑去跟邻居借了算是怎么回事？如果邻居跟这个人有意见，不愿借，就不好办了。

同样的，在"公冶长"篇里，孔子更详尽地表达了对巧言令色之人的看法："巧言、令色、足恭，左丘明耻之，丘亦耻之。匿怨而友其人，左丘明耻之，丘亦耻之。"

这段话说的就是，心里明明不喜欢一个人，却不表现出来，装作跟人很友好的样子，这种人是非常可耻的。这样阳奉阴违的小人，又怎么会成为君子呢？

既然孔子认为的君子不能够"巧言令色"，那么，孔子是不是主张对一个人有任何看法就不分青红皂白直接说出来呢？当然不是，孔子认为作为一名君子，巧言令色不行，直而无礼同样也不行。子曰："直而无礼则绞。"意思是说如果一个人讲话直率而不以礼节来约束这种行为，就会变得尖刻而莽撞。用言语处处攻击别人的人，当然也做不了彬彬有礼的君子。

所以，巧言令色不行，直率无礼还是不行，究竟怎样做才好呢？

我们通过一个小故事来看看孔子是怎么做的："孺悲欲见孔子，孔子辞以疾。将命者出户，取瑟而歌，使之闻之。"

这段小故事出自"阳货"篇，说有一个人叫孺悲，他不知道怎么得罪了孔子，在他想拜见孔子的时候，孔子推辞说自己生病了，不肯见他。等传话的人出了门，孔子拿出琴来，边弹边唱，故意让孺悲听见自己其实是装病。

你一定会觉得孔子的这种做法非常不可思议，简直是不怕得罪人的做法，但是在儒家的礼乐文化里，这却是恰当表达自己意见的一种方式。孔子面对不喜欢的人，不刻意委屈自己的意愿来见他，也不用自己生病的谎言来欺骗他，也不当着对方的面攻击说他不好，而是用一种很委婉的方式说自己生病，拒绝跟他见面，但又让对方意识到自己并不是真的生病，而是因为另外的原因不愿意见他。这样做既保全了自己的处事原则，也没有直接用言语攻击对方，使对方觉得难堪。这种做法是孔子认为的符合礼节并且坚持原则的两全其美的方法。这样为人处事的智慧，需要今天的我们细细体会。

那么，我们了解了作为一名君子所不能够具有的缺点之后，究竟应该怎样做才能达到正人君子的标准呢？孔子在《论语》里面也有明确的表述：

子曰："君子食无求饱，居无求安，敏于事而慎于言，就有道而正焉，可谓好学也已。"

意思就是：一个君子，如果能做到食无求饱，居无求安，捷于政事慎于言语，根据有道德的人来匡正自己的缺点，这样就可以说他是好学之人了。

"食无求饱，居无求安"并不是指故意不吃饱，住草房，而是说不要在吃和住上花费过多的心思，君子不应该沉迷于享乐，不应该过分追求衣食住行的豪华奢侈。

《国语》里也记载了这样一个小故事：季文子是鲁国辅佐了鲁宣公和鲁成公两代国君的重臣，他的小妾穿的衣服都是普通布料做的而不是绫罗绸缎，他的马喂的也都是人不能吃的杂料。对此，鲁国的仲孙它有点看不顺眼，他对季文子说："你是鲁国的上卿，侍奉过两代国君，现在家里妾不穿丝帛，马不喂粟米，你就不怕人家说你是吝啬鬼？再说也有失国家的体面啊！"

季文子说："我也愿意弄得好一些啊。我执政鲁国，现在鲁国有些人吃得还很差，穿得也颇为粗劣，如果我自己的妾美衣、马美食，这不是一个国家卿相该做的事情吧？况且我只听说过美德美行可以为国家争光，没听说通过夸耀妾马来为国家争光的。"

古人的作文有多精彩

教育完了仲孙它，季文子又把这事告诉了仲孙它的爸爸孟献子，孟献子二话不说就把仲孙它关了禁闭，而且一关就是七天。从禁闭室里放出来之后，仲孙它接受教训，也跟着学季文子，妾穿布衣，马喂秕谷。季文子听说后，推荐他做了上大夫。

作为执政者不能过于追求自己的享乐，因为执政者自己并不生产，他们的收入全部指靠税赋，而收上来的税赋并不全是给执政者拿来做家用的，而是有各种开销，从修桥补路、加固城池、兴修水利到救灾赈饥、武器装备全部都要从税赋中支出。如果一个人过分追求自己的享乐，势必会影响其他方面的开支，而且当时的生产力水平比较低，一般人的生活条件都不算很好，执政者过于奢华，容易引起百姓的不满。

那么，是不是说作为一个君子就必须要吃糠咽菜，衣不蔽体，越穷越好呢？孔子也不这么认为。

齐国名臣晏婴在春秋时期算是比较节俭的，甚至节俭得都有点不像话了，祭祀用的供品，能凑合就凑合，都摆不满祭祀用的盘子。对此，孔子和他的弟子们也有微词，认为晏婴节俭得实在有些过分了，作为一个国家的国相节约到那样的程度，下面的人就不好做了，稍微不注意，标准就盖过国相了，可是想比晏婴再节俭就很难了，再说无论怎么节俭，也不能在祭祀之类的国家重要礼仪上偷工减料呀。因此，孔子认为君子的吃穿必须有度，既不能过分奢华也不要太过俭省，保持一个合适的程度，才是让社会秩序井井有条的关键。

之后，孔子又说君子需要"敏于事而慎于言"。"敏于事"是指对工作的态度要勤勉，有了事情要及时处理，不能偷懒。"慎于言"是指不要随意讲话。

子张向孔子请教为官之道，孔子告诉他："多闻阙疑，慎言其余，则寡尤；多见阙殆，慎行其余，则寡悔。言寡尤，行寡悔，禄在其中矣。"

这段话的意思是说：多听，自己没有搞明白的地方暂且保留，只说自己能做到的那一部分，这样就不会轻易犯错误；多看，有不清楚的地方暂且搁置，先做那些能做到的事情，这样做事，轻易就不会懊悔。讲话没有错误，做起事情来又没有什么可后悔的，这样做官还会有什么问题呢？

孔子告诫子张说话做事都要谨慎小心，保持谨慎多多思考，这样做官才不会出现过失。

在另一个场合，子贡问孔子怎样才能做一个合格的君子的时候，孔子回答："先行其言而后从之。"孔子告诉他："在讲话之前，先衡量一下你是否能做得到，做得到，你再讲。"孔子回答子贡的话与对子张讲的话意思基本差不多，都是"敏于事而慎于言"的意思。

接下来的"就有道而正焉"是向有能力的人学习，以他做榜样的意思。正如我们都非常熟悉的孔子的名言"三人行，必有我师焉。择其善者而从之，其不善者而改之"也是同样的意思。也就是说，作为一名君子，要时时留意身边有道德的人，看他们是如何为人处事的，看他们的优点有没有值得自己学习的地方。有的话就要虚心学习，弥补自己的不足，如果他们有哪些地方做得不够好，也要反思自己身上有没有同样的毛病，有的话要及时改正，虚心听取并学习优点，同时时刻自省改正缺点。这就是孔子所说的"就有道而正"中的"正"的含义。

所以说，要想成为一名孔子眼中的君子，就不能用花言巧语去讨好别人，失去了自己做人的原则和是非观念；同时也要规范自己的言行，不贪图衣食富贵，也不过分俭省；不说做不到的话，时时刻刻谨慎做事，虚心学习身边人的优点，并反省自己的不足，做到及时改正。这样的话，才能成为一名合格的君子啊！你学会了吗？

# 第三章

# 孟子给君王提建议的智慧

## ——《孟子·齐桓晋文之事》

在我们领略了孔子的智慧火花之后，不得不提到另一个人，这个人就是孟子。孟子比孔子生活的年代稍晚，是战国时期伟大的思想家、教育家和政治家。

孟子是孔子的孙子孔伋的再传弟子，是儒家学派最著名的代表人物之一，与孔子齐名，被后世称作"孔孟"。孟子的文章在我们的语文课本中也收录了多篇，你会在今后的课堂学习中逐步有所了解。

本章所选的佳作集中阐释了孟子的政治理想和治国之道，并且从孟子与国君统治者的交流方式和说话技巧上，我们可以学到孟子作为一个伟大的政治家和思想家，给君主提建议的智慧。

《齐桓晋文之事》出自《孟子》，《孟子》是儒家经典"四书"之一，语言明白晓畅，平实浅近，同时又精练准确。作为散文，《孟子》长于论辩，更具艺术的表现力，具有文学散文的性质。其中的论辩文，孟子巧妙地运用类比推理等逻辑推理的方法，往往是欲擒故纵，反复诘难，迂回曲折地把对方引入自己预设的结论中，这种论辩的思路非常精彩，引人入胜，读完之后你一定会对孟子的机智头脑赞叹不已。

《齐桓晋文之事》是一篇谈话记录，齐宣王提问，孟子回答，问与答紧密相连，不容易看出层次，所以我们把这篇文章分为三个部分，一起对每部分进行细细赏读吧！

第一部分主要说齐宣王未实行王道，不是不能推行，而是不愿意实行。

这部分又可分为三层意思。

齐宣王问曰："齐桓、晋文之事，可得闻乎？"

孟子对曰："仲尼之徒，无道桓、文之事者，是以后世无传焉，臣未之闻也。无以，则王乎？"

这段话的对话大概意思是：

齐宣王问孟子："齐桓公、晋文公称霸的事，我可以听先生讲讲吗？"

孟子回答说："孔子的弟子之中没有讲述齐桓公、晋文公的事情的人，因此，后世失传了。我没有听说过这事。如果不得不说，那么还是说说行王道的事吧！"

齐宣王一见孟子，就迫不及待地问齐桓晋文称霸的事，正说明他有称霸的企图。齐桓公、晋文公是春秋五霸之中的两个霸主，前者九合诸侯，一匡天下；后者曾定乱扶周，破楚救宋，都是当时的霸主。因为他们的行事不是靠仁政，而是凭武力，因此被儒家称为"霸道"，与"王道"相对立。

所以齐宣王问齐桓、晋文之事，等于问"霸道"之事，这对于崇尚王道的孟子来说，无异于劈头一瓢冷水呀。而孟子并没有直接拒绝君主的要求，并且指责君主这样的追求是不好的，而是以"臣未之闻也"一句，轻轻地把话题岔开，转而谈论王道。

曰："德何如，则可以王矣？"

曰："保民而王，莫之能御也。"

曰："若寡人者，可以保民乎哉？"

曰："可。"

曰："何由知吾可也？"

曰："臣闻之胡龁（hé）曰，王坐于堂上，有牵牛而过堂下者。王见之，曰：'牛何之？'对曰：'将以衅钟。'王曰：'舍之！吾不忍其觳觫（hú sù），若无罪而就死地。'对曰：'然则废衅钟与？'曰：'何可废也？以羊易之。'不识有诸？"

曰："有之。"

曰："是心足以王矣。百姓皆以王为爱也，臣固知王之不忍也。"

王曰："然，诚有百姓者。齐国虽褊小，吾何爱一牛？即不忍其觳觫，若无罪而就死地，故以羊易之也。"

曰："王无异于百姓之以王为爱也。以小易大，彼恶知之？王若隐其无罪而就死地，则牛羊何择焉？"

王笑曰："是诚何心哉？我非爱其财而易之以羊也，

宜乎百姓之谓我爱也。"

曰："无伤也，是乃仁术也，见牛未见羊也。君子之
于禽兽也，见其生，不忍见其死；闻其声，不忍食其肉。
是以君子远庖厨也。"


上面的对话大概意思是：

齐宣王问："要有什么样的德行，才可以称王于天
下呢？"

孟子答："使人民安定才能称王，没有人可以抵
御他。"

齐宣王问："像我这样的人，能够安抚百姓吗？"

孟子答："可以。"

齐宣王问："从哪里知道我可以呢？"

孟子答："我听胡龁说，您坐在大殿上，有个人牵牛
从殿下走过。您看见这个人，问道：'牛牵到哪里去？'
那人回答说：'准备用它来祭钟。'您说：'放了它！我
不忍看到它那恐惧战栗的样子，这样没有罪过却走向死
地。'那人问道：'既然这样，那么，废弃祭钟的仪式
吗？'您说：'怎么可以废除呢？用羊来换它吧。'不知
道有没有这件事？"

齐宣王说："有这事。"

孟子说："这样的心就足以称王于天下了。百姓都认

为大王吝啬，我诚然知道您是于心不忍。"

齐宣王说："是的，的确有对我误解的百姓。齐国虽然土地狭小，我怎么至于吝啬一头牛？就是不忍看它那恐惧战栗的样子，这样无罪却走向死地，因此，用羊去换它。"

孟子说："您不要对百姓认为您是吝啬的感到奇怪。以小换大，他们怎么知道您的想法呢？您如果痛惜它无罪却走向死地，那么牛和羊又有什么区别呢？"

齐宣王笑着说："这究竟是一种什么想法呢？我也说不清楚，我的确不是吝啬钱财而以羊换掉牛的，这么看来老百姓说我吝啬是理所应当的了？"

孟子说："没有关系，这是体现了仁爱之道，原因在于您看到了牛而没看到羊。有道德的人对于飞禽走兽，看见它活着，便不忍心看它死；听到它哀鸣的声音，便不忍心吃它的肉。因此，君子不接近厨房。"

这一段非常典型地体现了孟子讲道理的智慧。孟子为了让君主采纳他推行仁政的建议，要紧紧抓住齐宣王的"不忍"大做文章。在这里，孟子不是空泛地论述，而是通过齐宣王过去的一个真实的经历，列举一件很小的事例来表达自己的观点。

当老百姓看到齐宣王没有忍心杀牛，而是用羊替换牛来进行祭祀，有人就会觉得大王"以羊易牛"，以小易大，认为大王是个吝啬鬼，舍不得花钱。孟子则不同，他抓住了君主的"不忍"之心，来说明齐宣王有仁慈的心，而这正是推行孟子的仁政的基础。就通过这么一件看似不相关的小事，孟子使得君主的注意力转移到了自己的政治观点上去，使齐宣王愿意进一步听孟子讲述自己的政治立场。可见，谈话的时候抓住与对方有关的事件来展开论述，更容易抓住对方的注意力。

王说，曰："《诗》云：'他人有心，予忖度之。'夫子之谓也。夫我乃行之，反而求之，不得吾心；夫子言之，于我心有戚戚焉。此心之所以合于王者，何也？"

曰："有复于王者曰：'吾力足以举百钧，而不足以举一羽；明足以察秋毫之末，而不见舆薪。'则王许之乎？"

曰："否。"

"今恩足以及禽兽，而功不至于百姓者，独何与？然则一羽之不举，为不用力焉；舆薪之不见，为不用明焉；百姓之不见保，为不用恩焉。故王之不王，不为也，非不能也。"

曰："不为者与不能者之形，何以异？"

曰："挟太山以超北海，语人曰：'我不能。'是诚不能也。为长者折枝，语人曰：'我不能。'是不为也，非不能也。故王之不王，非挟太山以超北海之类也；王之不王，是折枝之类也。老吾老，以及人之老；幼吾幼，以及人之幼。天下可运于掌。《诗》云：'刑于寡妻，至于兄弟，以御于家邦。'言举斯心加诸彼而已。故推恩足以保四海，不推恩无以保妻子；古之人所以大过人者，无他焉，善推其所为而已矣。今恩足以及禽兽，而功不至于百姓者，独何与？权，然后知轻重；度，然后知长短。物皆然，心为甚。王请度之！"

上面的对话的大概意思是：

齐宣王高兴了，说："《诗经》说：'别人有什么心思，我能揣测到。'说的就是先生您这样的人啊。我这样做了，回头再去想它，却想不出是为什么。先生您说的这些，对于我的心真是有所触动啊！这种心之所以符合王道的原因，是什么呢？"

孟子说："假如有人报告大王说：'我的力气足以举起三千斤，却不能够举起一根羽毛；我的眼力足以看清鸟兽秋天新生细毛的末梢，却看不到整车的柴草。'那么，大王您相信吗？"

齐宣王说："不相信。"

孟子说："如今您的恩德足以推及禽兽，而老百姓却得不到您的功德，是为什么呢？这样看来，举不起一根羽毛，是不用力气的缘故；看不见整车的柴草，是不用目力的缘故；老百姓没有受到保护，是不肯布施恩德的缘故。所以，大王您不能以王道统一天下，是不肯干，而不是不能干。"

齐宣王说："不肯干与不能干在表现上怎样区别？"

孟子说："用胳膊夹着泰山去跳过渤海，告诉别人说：'我做不到。'这确实是做不到。为长辈弯腰作揖，告诉别人说：'我做不到。'这是不肯做，而不是不能做。大王之所以不能统一天下，不属于用胳膊挟泰山去跳过渤海这一类的事；大王不能统一天下，属于对长辈弯腰作揖一类的事。尊敬自己的老人，进而推广到尊敬别人家的老人；爱护自己的孩子，进而推广到爱护别人家的孩子。照此理去做，要统一天下就如同在手掌上转动东西那么容易了。《诗经》说：'做国君的给自己的妻子做好榜样，推广到兄弟，进而治理好一家一国。'说的就是把这样的心推广到他人身上罢了。所以，推广恩德足以安抚四海百姓，不推广恩德连妻子儿女都安抚不了。古代圣人大大超过别人的原因，没别的，善于推广他们的好行为罢了。如今您的恩德足以推广到禽兽身上，老百姓却得不到您的好处，这究竟是什么原因呢？用秤称，才能知道轻重；用尺量，才能知道长短。事物都是如此，人心更是这样。大王，您请思量一下吧！"

齐宣王既然有仁慈的心，可为什么以前没能推行仁政呢？这一段孟子的回答就更加精妙啦！

　　齐宣王问他原因，他并没有正面直接回答，因为这样的答案全是长篇大论的大道理，太枯燥无聊了。要怎样才能抓住大王的兴趣呢？聪明的孟子在提建议的时候通常都会采用这样的方法，这也成为孟子讲话的一种独特的艺术，这种手段就是——运用比喻。

　　孟子用了一个"举羽毛"与"看柴草"的比喻，来说明大王有推行仁政的条件，以前只是因为自己不肯这样做罢了。接着他又用了"夹着泰山跳过渤海"这种不可能做到的事，和"为老人家弯腰作揖"这样的举手之劳做对比，进一步阐明"不为"和"不能"的区别。非常明白易懂，也十分风趣幽默，就连几千年后的我们在读到这样的比喻时候，也不得不佩服孟子随机应变的高超能力，以及他讲故事打比方的讲话技巧。这是不是让你也觉得非常生动、有吸引力呢？

　　（曰：）"抑王兴甲兵，危士臣，构怨于诸侯，然后快于心与？"

　　王曰："否，吾何快于是？将以求吾所大欲也。"

　　曰："王之所大欲，可得闻与？"

　　王笑而不言。

曰："为肥甘不足于口与？轻暖不足于体与？抑为采色不足视于目与？声音不足听于耳与？便嬖不足使令于前与？王之诸臣，皆足以供之，而王岂为是哉？"

曰："否，吾不为是也。"

曰："然则王之所大欲可知已：欲辟土地，朝秦、楚，莅中国，而抚四夷也。以若所为，求若所欲，犹缘木而求鱼也。"

王曰："若是其甚与？"

曰："殆有甚焉。缘木求鱼，虽不得鱼，无后灾；以若所为，求若所欲，尽心力而为之，后必有灾。"

曰："可得闻与？"

曰："邹人与楚人战，则王以为孰胜？"

曰："楚人胜。"

曰："然则小固不可以敌大，寡固不可以敌众，弱固不可以敌强。海内之地，方千里者九，齐集有其一；以一服八，何以异于邹敌楚哉？盖亦反其本矣！今王发政施仁，使天下仕者皆欲立于王之朝，耕者皆欲耕于王之野，商贾皆欲藏于王之市，行旅皆欲出于王之途，天下之欲疾其君者，皆欲赴愬于王。其若是，孰能御之？"

上面的对话大概意思是：

（孟子话锋一转，说道：）"还是您发动战争，使将士冒生命的危险，与各诸侯国结怨，这样心里才痛快吗？"

齐宣王说："不是的，我怎么会这样做才痛快呢？我是打算用这办法求得我最想要的东西罢了。"

孟子说："您最想要的东西是什么，我可以听听吗？"

齐宣王只是笑却不说话。

孟子说："是因为肥美甘甜的食物不够吃呢？又轻又暖的衣服不够穿呢？还是因为各种色彩不够看呢？美妙的音乐不够听呢？左右受宠爱的人不够用呢？这些您的大臣们都能充分地供给，难道大王真是为了这些吗？"

齐宣王说："不是，我不是为了这些。"

孟子说："那么，大王最想得到的东西便可知道了：是想开拓疆土，使秦国、楚国来朝见，统治整个中原地区，安抚四方的少数民族。但是以这样的做法，去谋求这样的理想，就像爬到树上去抓鱼一样。"

齐宣王说："像你说的这么严重吗？"

孟子说："恐怕比这还严重。爬到树上去抓鱼，虽然抓不到鱼，却没有什么后祸；假使用这样的做法，去谋求这样的理想，又尽心尽力地去干，结果必然有灾祸。"

齐宣王说："这是什么道理，可以让我听听吗？"

孟子说："如果邹国和楚国打仗，您认为谁胜呢？"

齐宣王说："楚国会胜。"

孟子说：“那么，小国本来不可以与大国为敌，人少的国家本来不可以与人多的国家为敌，弱国本来不可以与强国为敌。天下的土地，纵横各一千多里的国家有九个，齐国的土地总算起来也只是其中的一份。以一份力量去降服八份，这与邹国和楚国打仗有什么不同呢？还是回到根本上来吧！如果您现在发布政令施行仁政，使得天下当官的都想到您的朝廷来做官，种田的都想到您的田野来耕作，做生意的都要把货物存放在大王的集市上，旅行的人都想在大王的道路上出入，各国那些憎恨他们君主的人都想跑来向您申诉。如果像这样，谁还能抵挡您呢？”

　　这一段就更能突显孟子思考的缜密和思路的明白晓畅了。光是告诉大王可以怎样做是不够的，还必须要说明大王原本想要称霸的道路是走不通的，只有仁政才是唯一的出路！

　　所以孟子非常机智地从反面又开始了运用比喻手法。他把大王想要开疆扩土、强大国家的愿望，跟大王想要施行的政策，比作了爬到树上去抓鱼，彻底打碎了他的幻想，犹如当头棒喝，使文势如悬崖坠石，有千钧之力。齐宣王不禁惊言：有这么严重吗？这样非常贴近生活的、不合常理的行为，连三岁的小孩子都知道是不可能实现的，讲出来对听者来说是多么大的冲击啊，怎么会不想要洗耳恭听孟子的思想呢？

果然齐宣王也想知道为什么，可孟子并没有直接讲，而是又运用了一个比喻，说齐国如果跟天下对抗，简直就是小小的邹国跟楚国较量一般荒谬！谁强谁弱显而易见，从而导出小不敌大、寡不敌众、弱不敌强的结论，使得齐宣王彻底放弃称霸的念头。孟子用比喻的方法将称霸的危害非常形象生动地告诉了大王，使得齐宣王对这样的危害有形象的认识，孟子再运用比喻来正面铺写行仁政王道的威力，怎么会不令齐宣王怦然心动呢？

　　王曰："吾惛，不能进于是矣。愿夫子辅吾志，明以教我。我虽不敏，请尝试之。"

　　曰："无恒产而有恒心者，惟士为能。若民，则无恒产，因无恒心。苟无恒心，放辟邪侈，无不为已。及陷于罪，然后从而刑之，是罔民也。焉有仁人在位，罔民而可为也？是故明君制民之产，必使仰足以事父母，俯足以畜妻子；乐岁终身饱，凶年免于死亡；然后驱而之善，故民之从之也轻。今也制民之产，仰不足以事父母，俯不足以畜妻子；乐岁终身苦，凶年不免于死亡。此惟救死而恐不赡，奚暇治礼义哉？王欲行之，则盍反其本矣。五亩之宅，树之以桑，五十者可以衣帛矣；鸡豚狗彘之畜，无失其时，七十者可以食肉矣；百亩之田，勿夺其时，八口之家可以无饥矣；谨庠（xiáng）序之教，申之以孝悌之义，颁白者不负戴于道路矣。老者衣帛食肉，黎民不饥不寒，然而不王者，未之有也。"

上面一段的大概意思是：

（于是大王终于被孟子说服了，准备按照孟子的意见来推行仁政，可是推行仁政到底要怎么做呢？我们有这样的疑问，齐宣王当年也有。）齐宣王问道："我糊涂，不能懂得这个道理。希望先生您帮助我实现我的愿望。明确地指教我，我虽然不聪慧，请让我试一试。"

孟子说："没有长久可以维持生活的产业而常有善心，只有有志之士才能做到；至于老百姓，没有固定的产业，因而就没有长久不变的心。如果没有长久不变的善心，就会不服从约束、犯上作乱，无恶不做。等到他们犯了罪，随后用刑法去处罚他们，这样做是陷害人民。哪有仁爱的君主掌权，却做这种陷害百姓的事呢？所以英明的君主规定老百姓的产业，一定使他们上能赡养父母，下能养活妻子儿女；年成好时能丰衣足食，年成不好时也不至于饿死，这样之后督促他们做好事，所以老百姓跟随国君走就容易了。如今，规定人民的产业，上不能赡养父母，下不能养活妻子儿女，好年景也总是生活在困苦之中，坏年景免不了要饿死。这样，只把自己从死亡中救出来，恐怕还不够，哪里还顾得上讲求礼义呢？大王真想施行仁政，为什么不回到根本上来呢？给每家五亩地的住宅，种上桑树，那么50岁的人就可以穿上丝织的衣服了；鸡、小猪、狗、大猪这些家畜，不要错过喂养繁殖的时节，这样70岁的人就可以有肉吃了；一百亩的田地，不要因劳役耽误了农时，那么八口人的家庭就可以不挨饿了；重视学校的教育，反复地用孝顺父母、尊重兄长的道理叮咛他们，头发斑白的老人便不会再背着、顶着东西在路上走了。老年人穿丝绸衣服、吃上肉，老百姓不挨饿受冻，如果这样还不能统一天下，那是没有的事情。"

这里，孟子滔滔不绝，又非常有条理地说明君主应该推行的仁政究竟是什么——"制民之产"和"谨庠序之教"。使百姓有固定的产业，足以饱身养家，然后再对他们施以礼义道德的教育。

孟子在这里运用了一组非常精彩的排比句，把王道仁政模式说出，娓娓道来实行的政策以及能够收到的效果，描绘了一幅王道乐土的美好画卷：老有所养，幼有所依，百姓安居乐业，丰衣足食。这样美好的国度试问谁不想实现呢？对于齐宣王来说真是具有十足的说服力呀，甚至连读罢文章的我们都不由得动心了呢！

本章，我们逐段了解了孟子给大王提建议的精彩说话技巧：他用了一连串精彩又生动的比喻，环环紧扣，步步逼近，又抽丝剥茧，由浅入深，既说明了大王原本的政策是危险的，而且也不能达到大王想要的境界；又条理清晰地说明了自己的政治见解，说明了推行仁政的优点。晓之以理，动之以情，既清晰明了，又一点都不枯燥乏味，怎么会不让齐宣王深深叹服呢？因此，孟子能够实现自己的政治理想，跟他提建议的绝妙智慧是分不开的呀！

# 第四章

# 庄子教你如何实现远大的理想

## ——《庄子》节选

说到庄子，爱读书的你应该不陌生。庄子的名字叫"庄周"，生活在战国时代，距今已经2300多年啦。庄子是古代著名的思想家、哲学家和文学家，先秦道家学派的代表人物，与老子并称"老庄"。像孔子、老子、孟子等名字一样，"子"这个字是古代对他人的尊称，所以"庄子"这个名字用今天的话翻译，大概可以叫作"尊敬的庄先生"。

庄子一生的文章都收录在一本同样叫《庄子》的书里。他的文章不像我们印象里那些古板的老学究写出来的非常艰涩难懂的东西，恰恰相反，他的文章充满了天马行空一般的浪漫天真的想象，而当中蕴含的哲理又像夜空中的璀璨星辰一样，千百年来一直闪烁着智慧的光芒，影响了一代又一代的中国人。我们在这一章将一起阅读《庄子》中的《逍遥游》和《庖丁解牛》两篇文章，认识一下庄子笔下生动形象的人和动物，并从他的充满哲理的小故事里体会这位思想家告诉世人的人生真谛。

庄子非常热爱自由、热爱大自然，认为人和自然界的动物植物都是平等的，他讨厌一切人为改变自然天性的行为，骨子里颇有几分放纵不羁的隐士风范。他在自己的书中感叹"看到高山树林啊，看到丘陵土地啊，让我感到无比的快乐"，还做梦梦到自己变成了一只自由自在、翩翩飞舞的蝴蝶，醒来却不记得到底是自己做梦变成了蝴蝶，还是蝴蝶做梦变成了庄子。

楚国的大王听说庄子这个人非常有智慧，专门派了两个大臣来邀请庄子去做官，这是很多读书人梦寐以求想要达到的成就。当时庄子正在河边钓鱼，听完楚国大王的盛情邀请，拿着钓鱼竿连头都没有回，说："我听说楚国有一只神奇的大乌龟，死的时候已经3000岁了，大王派人用绫罗绸缎包好它的骨头放在庙堂上。这只大龟是死去了留下骨头让人珍藏膜拜比较好呢，还是自由自在地在小溪的淤泥里摇尾巴比较快乐呢？"两个大臣都说："肯定是在小溪里摇尾巴比较快乐呀。"庄子就告诉他们："那你们请回吧，我不会去做官的，我现在无忧无虑地生活在大自然里，就像是那只大龟在小溪的淤泥里自由自在地摇尾巴呀。"

庄子这种对于自由和理想的追求体现在他的传世之作《逍遥游》之中：

北冥有鱼，其名为鲲。鲲之大，不知其几千里也；化而为鸟，其名而鹏。鹏之背，不知其几千里也；怒而飞，其翼若垂天之云。是鸟也，海运则将徙于南冥，——南冥者，天池也。《齐谐》者，志怪者也。《谐》之言曰："鹏之徙于南冥也，水击三千里，抟扶摇而上者九万里，去以六月息者也。"

庄子在《逍遥游》里讲述了传说中的两种神奇的动物：在遥远的北海里有一条鱼，它的名字叫作鲲。鲲非常大，不知道有几千里长。后来鲲变成了一只鸟，它的名字叫作鹏。鹏的脊背，也不知道有几千里长；当它振动翅膀奋起直飞的时候，巨大的翅膀就好像挂在天上的云。这只大鸟在波涛翻滚海风吹起的时候就要迁徙到遥远的南海去了，南海是一个天然形成的大池子。庄子在一本古代的神话书《齐谐》里面，也找到了关于这两种动物的故事。《齐谐》是一本记载一些神怪故事的书。这本书上说："鹏这种大鸟在往南海迁徙的时候，巨大的翅膀拍打水面，能激起三千里的海浪，顺着旋风飞上了九万里高的天空，乘着六月的大风飞走了。"

　　野马也，尘埃也，生物之以息相吹也。天之苍苍，其正色邪？其远而无所至极邪？其视下也，亦若是则已矣。且夫水之积也不厚，则其负大舟也无力。覆杯水于坳堂之上，则芥为之舟，置杯焉则胶，水浅而舟大也。风之积也不厚，则其负大翼也无力。故九万里，则风斯在下矣，而后乃今培风；背负青天，而莫之夭阏者，而后乃今将图南。

接着，庄子就从这个神话故事当中发现了令他好奇的东西：他发现像野马奔腾一样的云雾，在空中飘飘扬扬的尘埃，这些活动着的东西就跟大鹏鸟一样，都是需要凭借着风吹才能够运动的吧。庄子疑惑地问："苍苍茫茫的蓝天，难道这就是天空原本的颜色吗？天空真的是无边无际没有尽头的吗？大鹏鸟从九万里的高空往下看的时候，看见的应该也是苍苍莽莽、无边无际的蓝天吧。"

庄子将这个故事中的人生真谛用最简单易懂的比喻告诉我们："如果聚积的水不够深，就不能负载一艘大船。就像在地上的小坑里倒上一杯水，一棵小草就像是一艘船可以浮在水面，但是如果放一个杯子在水面就会沉下去，这是因为水太浅而船却太大了呀。"庄子用水和船的关系来比喻风和大鹏鸟的关系，如果聚集的风不够强大的话，那么就没有力量负载鹏巨大的翅膀。鹏在九万里的高空飞行，是靠着强大的风托着它。大鹏鸟凭借着风力，背负着青天毫无阻挡，一往无前地朝南飞去。

蜩与学鸠笑之曰："我决起而飞，抢榆枋而止，时则不至，而控于地而已矣，奚以之九万里而南为？"适莽苍者，三餐而反，腹犹果然；适百里者，宿舂粮；适千里者，三月聚粮。之二虫又何知！

那么你可能会好奇了，大鹏鸟为什么要辛辛苦苦飞到九万里的高空，乘着六月的大风飞到南海去呢？庄子笔下的蝉和小斑鸠也不理解，它们嘲笑大鹏鸟说："我们用尽全力飞，碰到树木就停下来了，有时候连树都飞不上去，落在地上就够了。你何必要费这么大力气，辛辛苦苦飞九万里高到南海去呢？"庄子告诉了我们原因：这其中寄托着大鹏鸟高远的志向啊。目光短浅、没有远大理想的人，就像是那些只想走到郊区的旅客，只需要准备当天的食物就不会饿着。他们无论如何也不会理解那些志存高远、坚持不懈的伟大的人。而那些大鹏鸟一样拥有远大理想的人，就像要走很远很远旅途的探险者，会经历更多的苦难，会忍受更长的折磨，但是会在无拘无束自由自在的日子中，收获一生难忘的绝妙风景。这是那些像蝉和小斑鸠一样目光短浅的人，永远也无法理解也无法体会的境界，这才是一个有理想、有追求的人所应该拥有的情怀。

在《逍遥游》里面，庄子借鲲鹏的故事告诉我们要追求远大的理想。然而我们在日常生活中，怎样才能实现这种远大的理想抱负呢？在他的另一篇文章《庖丁解牛》当中，庄子借一位厉害的厨师宰牛的故事，告诉了我们答案。

庖丁为文惠君解牛。手之所触，肩之所倚，足之所

履，膝之所踦，砉（huā）然向然，奏刀騞（huō）然，莫
不中音。合于《桑林》之舞，乃中《经首》之会。

　　有一个名叫庖丁的厨师替梁惠王宰牛，他的手所接触
的地方，肩所靠着的地方，脚所踩着的地方，膝所顶着的
地方，都发出皮骨相离声，刀子刺进去时响声更大，这些
声音听起来竟然就像音乐一样，同《桑林》《经首》两首
乐曲的节奏合拍。

　　文惠君曰："嘻，善哉！技盖至此乎？"庖丁释刀对
曰："臣之所好者，道也，进乎技矣。始臣之解牛之
时，所见无非牛者。三年之后，未尝见全牛也。方今
之时，臣以神遇而不以目视，官知止而神欲行。依乎
天理，批大郤（xì），导大窾（kuǎn），因其固然，技
经肯綮（qìng）之未尝，而况大軱（gū）乎！"

　　梁惠王非常惊讶，不敢相信一个厨师宰牛的技术竟然
如此令人叹为观止，他问庖丁是怎样达到这么高明的境界
的？庖丁回答说："我追求的可不仅仅是宰牛的技术，我
希望的是能使宰牛这项活动达到至高的境界。当初我刚开
始宰牛的时候，对于牛的身体结构还不了解，看见的就只
是整头的牛。三年之后，我见到的是牛的内部肌理筋骨，

再也看不见整头的牛了。现在宰牛的时候，我都不需要眼睛去看，只是用精神去接触牛的身体就可以了。我可以顺着牛体的肌理结构，劈开筋骨间大的空隙，沿着骨节间的空穴使刀，宰牛的刀从来没有碰到过难以斩断的经络、肌肉和骨头。"

"良庖岁更刀，割也；族庖月更刀，折也。今臣之刀十九年矣，所解数千牛矣，而刀刃若新发于硎。彼节者有间，而刀刃者无厚；以无厚入有间，恢恢乎其于游刃必有余地矣，是以十九年而刀刃若新发于硎。虽然，每至于族，吾见其难为，怵然为戒，视为止，行为迟。动刀甚微，谋（huò）然已解，如土委地。提刀而立，为之而四顾，为之踌躇满志，善刀而藏之。"

庖丁接着说："技术高明的厨师每年换一把刀，是因为他们用刀子去割肉。技术一般的厨师每月换一把刀，是因为他们用刀子去砍骨头，刀刃就会受到损坏。而我的这把刀已用了19年，宰牛数千头，而刀刃却像刚从磨刀石上磨出来的一样锋利。因为我能够感受到牛身体上的骨节肌理，骨节是有空隙的，刀刃又非常薄，用这样薄的刀刃刺入有空隙的骨节，在杀牛的时候当然运刀如飞，没有阻碍。因此，我用了19年而刀刃仍像刚从磨刀石上磨出来的一样。虽然我现在练成了如此高超的技术，可是每当碰上筋骨交错的地方，我一见那里难以下刀，就十分警惕而小心翼翼，目光集中，动作放慢。刀子轻轻地动一下，'哗啦'一声骨肉就已经分离，像一堆泥土散落在地上了。直到攻克了最难下刀的部分，这时候我才会为自己的成功而感到心满意足。"

庄子所描写的庖丁就是一个拥有远大理想的人。身为厨师，他追求的并不仅仅是学会怎么杀牛，而是想通过提高杀牛的技术来达到人生至高的境界。那么，如何实现这样的远大理想呢？庖丁的方法就是勤奋努力、坚持不懈地练习。正如他所讲的那样，刚开始不了解牛，所以看到的就跟我们看到的一样，是一头完整的牛。而经历了一段时间的熟悉和练习，他开始了解牛的身体构造，这时候看到牛就是身体内部的内脏、骨头和肉。直到经历了三年辛勤刻苦、坚持不懈的练习，才终于能够体会到人生至高的境界，这时已经不需要用眼睛看，闭上眼睛仅仅凭借着精神，就可以感受到牛的身体构造，就知道应该怎样下刀才不会遇到筋骨的阻碍，而可以把杀牛变成一项艺术一般，连发出的声音都是美妙的乐曲。可以说，正是凭借着一颗坚定追求理想的心和三年如一日的艰苦努力，才使得庖丁当初立下的理想得以实现。

仅仅如此也是不够的，即使是已经宰了19年的牛，达到了人生至高境界的庖丁，在面对难以解决的难题之时，也没有丝毫的骄傲自满轻视困难，依旧保持着小心谨慎的态度，认认真真对待难题。只有当所有的困难都被攻克，迎来胜利曙光的那一刻，庖丁才会真正放松下来，开心地享受胜利的喜悦。

庄子通过这两个生动的小故事告诉我们：做人一定要像大鹏鸟一样心存高远的志向，而想要成为拥有像大鹏鸟一般高远志向的人，是要经过坚持不懈的努力奋斗的。在这个过程中会经历从畏惧困难到勇敢接受挑战的过程，通过一次又一次的练习使自己越来越完美。只有靠着坚持不懈的努力使自己的能力达到很高的境界时，我们远大的理想才会实现。

更重要的是，实现理想并不是一蹴而就和一帆风顺的事，我们还会遇到各种各样的挑战，只有在面对这些挑战的时候，依旧保持着一颗谦恭谨慎、一丝不苟的心，认真解决每一个难题，这样才能真正地获得成功，直到全部解决困难获得成功的一刻，我们才能尽情地享受胜利的喜悦。

# 一枝一叶总关情，屈原笔下的"香草美人"

## ——《离骚》节选

在每年的农历五月初五端午节这天，我们都会有龙舟竞渡、吃粽子、喝雄黄酒的习俗。端午节的由来有不同的说法，其中一种说法是为了纪念一位伟大的爱国诗人。你知道他是谁吗？没错，聪明的你一定已经猜到了吧，这一章我们要讲的就是屈原的故事。

无论是从小学课本中，还是爸爸妈妈、爷爷奶奶讲的睡前故事中，我们早就熟悉了屈原的名字。那么，你知道屈原为什么会这么著名吗？他作为一位伟大的爱国诗人，代表作到底是什么呢？他到底是为什么而死的？为什么人们要用粽子和龙舟纪念屈原呢？读完这一章，你就会对屈原和他的作品有更深的了解啦！

屈原是战国时期楚国的大诗人和政治家。他是楚国的贵族，他的祖先是楚武王熊通的儿子屈瑕。屈原的"原"其实是他的字。在中国古代，直接称呼对方的名是非常不礼貌的，而重视礼貌的人们为了解决这个问题，便会取一个"字"，与自己的名字相关，就像大诗人李白的字是"太白"一样。别看屈原生活在遥远的战国时代，他也有自己的字呢，他的名叫作"平"，字"原"，而后人为了显示对他的尊敬，一直以"屈原"来称呼他，这就是今天我们所熟悉的称呼啦。

屈原是中国历史上第一位伟大的爱国诗人，也是中国浪漫主义文学的奠基人。他是"楚辞"的创立者和代表作者，擅长用芬芳的花草和美貌高尚的人这类美好的事物来寄托自己的政治理想，后来"香草美人"也就变成了屈原楚辞的一个重要特征。像我们在前几章中读到的，春秋战国时期的诗歌以《诗经》为代表，是民间百姓歌唱的歌谣，而屈原的出现，则标志着中国诗歌进入了一个由集体歌唱到个人独创的新时代。可见，屈原的历史地位是多么重要啊！

当然，屈原之所以伟大，并不仅仅因为他是一个重要的诗人，更在于他的爱国。屈原是楚国重要的政治家，早年受楚怀王信任，任左徒、三闾大夫，兼管内政外交大事，是非常重要的职务。屈原在楚国主张变法强国，他提倡"美政"，主张在国内选取贤明有才干的人来担任官职，而不是看这个人的出身是否高贵。这样的主张遭到了贵族们的反对，于是这些有权有势的人就编造了很多谣言来毁谤屈原，而楚怀王又受到了这些奸佞小人的蒙蔽，把屈原给流放了。在流放期间，郁闷、孤独、无助、悲悯的情绪时时刻刻在侵蚀着屈原的心，为了排解这种难过，屈原把自己对于楚国的热爱和自己的志向，都寄托在了自己的诗歌之中，这些诗歌就是"楚辞"，其中最优秀的一篇就是《离骚》。接下来，我们就一齐来领略《离骚》的独特魅力吧！

帝高阳之苗裔兮，朕皇考曰伯庸。

摄提贞于孟陬（zōu）兮，惟庚寅吾以降。

皇览揆（kuí）余初度兮，肇锡余以嘉名：

名余曰正则兮，字余曰灵均。

上文的意思是：我是古代的帝王高阳氏的子孙啊，我已去世的父亲名字叫作伯庸。岁星在寅那年的孟春月，正当庚寅日那天我降生。父亲仔细揣测我的生辰，于是赐给我相应的美名：父亲把我的名取为"正则"，同时把我的字叫作"灵均"。

这是《离骚》开篇第一句话，屈原介绍自己的身世。自己的血统非常高贵，父亲也是个品行高洁的人。屈原接着说自己出生在良辰吉日，父亲也因此为他取了高贵正直的名字。名字叫作"平"，字叫作"原"。名"平以法天"，字"原以法地"。同他的出生年月日配合起来，照字面上讲，"平"是公正的意思，平正就是天的象征；"原"是又宽又平的地形，就是地的象征，屈原的生辰和名字正符合"天开于子，地辟于丑，人生于寅"的天地人三统。这在今天看来，只是个巧合，可在当时却认为是一个好兆头。

这些话在今天的我们读起来有些奇怪，为什么屈原要在这首表达志向纾解郁闷的诗歌开头介绍自己的身世呢？

这是因为在屈原生活的战国时代，一个人能否成为栋梁之臣与他的血统和出身关系非常密切，屈原介绍自己的高贵出身是为了表明自己有报效楚国的天赋。

而幼年的屈原受到了父亲的悉心教导，非常聪明，尽管他是个贵族，但是却一直生活在百姓之中，经常依靠自己的聪明才智做一些帮助百姓的好事，深受爱戴。历史上就流传着一个关于小屈原的故事：

一个夏天下午，屈原刚刚读完书到街上玩，他跑着跳着，脸上挂着开心的笑容。他一边踢着路边的小石头，一边低头欣赏着脚上那双他妈妈刚给他做好的新鞋子：崭新的布料，鲜艳的颜色，还有那根雪白的鞋带，漂亮极了。

他正追着滚动的小石子，忽然发现路边有一条若隐若现的米粒痕迹。他抬头顺着米粒往前一看，只见一位老婆婆背着一袋米艰难地向前走着，米袋上有一个小窟窿，米正顺着那小窟窿往外漏着。

他急忙高喊："老婆婆，请等一等，您的米袋漏了！"老婆婆连忙停下脚步，回过头来。老婆婆看见大米不断往外漏，焦急地说："糟糕！这怎么办？"小屈原跑过来，看到老婆婆焦急的样子，皱了皱眉头，忽然低下头，看见那根白白的鞋带，灵机一动，对着老婆婆兴奋地说："老婆婆，您别焦急，我有办法了！"话音刚落，他便毫不犹豫地把那条鞋带解了下来，这时老婆婆明白了，她说："多漂亮的鞋带，真可惜啊！"小屈原不等老婆婆再说什么，就把米袋的小窟窿用手捏着，然后用鞋带绑紧扎紧，米不再向外漏了。

他看了看老婆婆挂满汗珠的脸，对老婆婆说："您累了，我帮您背米回家吧，您来带路，好吗？"说着就从地上拎起米袋背在身上往前走。到了老婆婆家，才发现原来老婆婆是一位坚守着边疆的战士的母亲。老婆婆连声给他道谢，小屈原就说："您的儿子为国效力，我帮您是应该的。您就当我是干儿子吧！"

小屈原已经把出来的目的——玩，抛到老远了。他又低头看看自己那双少了一根鞋带的新鞋，并没有不开心，而是觉得帮助了老婆婆心里感到非常满足。

到了更大的年纪，屈原开始注重读书修养，培养高尚的节操和出众的气质。他在《离骚》之中是这样介绍自己的这段经历的：

纷吾既有此内美兮，又重之以修能。

扈江离与辟芷兮，纫秋兰以为佩。

汩余若将不及兮，恐年岁之不吾与。

朝搴阰（qiān pí）之木兰兮，夕揽洲之宿莽。

日月忽其不淹兮，春与秋其代序。

惟草木之零落兮，恐美人之迟暮。

这一段是屈原说自己如何修身养性，锻炼自己的高洁品格。上一段他说到了自己出生时所具有的一些天赋，而这些天赋已经让屈原具备了许多内在的美德，也促使着屈原不断提高自己的修养和培养优异的才能。那么具体他是怎么做的呢？他说，我把江离芷草披在肩上，把秋兰结成索佩挂在身旁。你可能会觉得奇怪了，这不过是在采摘一些花花草草，怎么就是修身养性了呢？这就是我们所提到的"香草美人"的比喻，屈原在整首《离骚》之中用了很多的花草名称，像这几句里面就有"江离""芷""秋兰""木兰"等等，都是一些具有芬芳香气的花草。屈原就是用这些香草来比喻自己高洁的品格和出众的气质的。于是采摘花花草草并且装饰在身上，其实就是在说自己拥有这些美好的品质。这样的比喻非常奇妙又充满着诗情画意。

但是，屈原也有许多烦恼。正如他接下来说到的，光阴似箭我好像跟不上，岁月不等人令我心慌。早晨我在大坡采集木兰，傍晚在小洲中摘取宿莽。时光迅速逝去不能久留，四季更替代谢变化有常，我想到草木已由盛到衰，恐怕自己身体也逐渐衰老。聪明的你一定已经注意到了，这里就出现了"香草美人"中的"美人"。这个美人与我们今天所提到的漂亮姑娘的意思可大不一样哦！这个美人是不分性别的，指的就是那些举止优雅、气质出众、品行高洁、见识渊博的优秀的人。在《离骚》全诗中，美人有时指屈原自己，有时指的是屈原想要表达忠心的对象楚怀王。在这里说的就是屈原自己。屈原感慨时光匆匆流逝，自己虽然怀着一身报国的才华，也像那些香草高树一样逐渐衰老了。这可怎么办才好呢？屈原在下文给了我们答案：

> 不抚壮而弃秽兮，何不改乎此度？
> 乘骐骥以驰骋兮，来，吾道夫先路！

　　屈原想到自己空有一身才华却无处施展，不禁高声呼喊：何不利用盛时扬弃秽政，为何还不改变这些法度？乘上千里马纵横驰骋吧，来啊，我在前面引导开路！他怀着满腔热血和斗志，渴望珍惜眼前光阴，立刻能够施展抱负，于是发出了热情的呼喊：让我做一个先行者为变法开路吧！多么振奋人心，催人进取啊。

　　然而，现实又给了屈原沉重的打击，楚国的君主听信小人的谗言放逐屈原，他的一腔报国志向无处施展，于是在《离骚》的后文中，屈原这样写道：

> 怨灵修之浩荡兮，终不察夫民心；

众女嫉余之蛾眉兮，谣诼谓余以善淫。

固时俗之工巧兮，偭（miǎn）规矩而改错；

背绳墨以追曲兮，竞周容以为度。

忳（tún）郁邑余侘傺（chà chì）兮，吾独穷困乎此时也；

宁溘死以流亡兮，余不忍为此态也！


灵修指的就是楚怀王，屈原感慨道：怨就怨楚王这样糊涂啊，他始终不体察人民的心情。那些女人妒忌我的风姿，造谣诬蔑说我妖艳好淫。这里屈原依旧用的是"香草美人"的比喻，把自己比作一个美人，美人遭受到了其他人的妒忌，而被谣言所攻击，这正是屈原自身的遭遇啊！

而看看那些小人当权又做了些什么呢？庸人本来善于投机取巧，背弃规矩而又改变政策。违背是非标准，争着以苟合取悦作为法则。一切规矩、法度、原则和准绳都被奸佞小人给歪曲了，楚国的法制已经大乱。

而屈原，此时却只能徘徊在江边，对着水边的香草吟诗，抒发自己郁郁不得志的愁苦和对祖国未来的深深忧虑。忧愁烦闷啊我失意不安，现在孤独穷困多么艰难。既然这么辛苦，干脆也像小人一样趋炎附势谄媚讨好以换得荣华富贵不就行了吗？屈原一身铮铮傲骨，坚决拒绝了与小人同流合污，他发誓：宁可马上死去魂魄离散，媚俗取巧我也坚决不干！而这样的誓言，终究一语成谶。

公元前299年，秦国攻占了楚国八座城池，接着又派使臣请楚怀王去秦国议和。屈原看破了秦王的阴谋，冒死进宫陈述利害，楚怀王不但不听，反而将屈原逐出郢都。楚怀王如期赴会，一到秦国就被囚禁起来，楚怀王悔恨交加，忧郁成疾，三年后客死于秦国。楚顷襄王即位不久，秦王又派兵攻打楚国，顷襄王仓皇撤离京城，秦兵攻占郢城。公元前278年，屈原终于在听闻了国君被俘客死异乡。在楚国首都被秦军攻陷之后，他怀抱着石头绝望地跳进了滚滚东流的汨罗江，以身殉国。

民间传说，江上的渔夫和岸上的百姓听说屈原大夫投江自尽，都纷纷来到江上，奋力打捞屈原的尸体，此举日后演变成赛龙舟的习俗。人们纷纷拿出家中的粽子、鸡蛋投入江中喂鱼，让鱼吃了这些就不会去咬屈原大夫的尸身。还有郎中把雄黄酒倒入江中，以便药昏蛟龙水兽，使屈原大夫的尸体免遭伤害。过不了多久，水面上浮起了一条被药迷昏的蛟龙，龙须上还沾着一片屈原大夫的衣襟。人们就把这恶龙拉上岸，抽了筋，然后把龙筋缠在孩子们的手和脖子上，又用雄黄酒抹七窍，有的还在小孩子额头上写上一个"王"字，使那些毒蛇害虫都不敢来伤害他们。从此，每年五月初五——屈原投江殉难日，楚国人民都到江上划龙舟，投粽子，喝雄黄酒，以此来纪念屈原。

端午节的习俗就这样流传下来了。

《离骚》展现了屈原爱国主义的崇高理想和为实现这种理想而百折不挠的斗争精神。他殷切希望楚国能实行修明法度、举贤授能的"美政"，再现尧舜禹汤文武和三后那样的自己心目中的盛世，所以他极力赞颂道："彼尧舜之耿介兮，既遵道而得路""汤禹俨而祗敬兮，周论道而莫差""昔三后之纯粹兮，固众芳之所在"。他为了理想，坚持不懈，上下求索，九死未悔。

更精彩的是，屈原插上幻想的翅膀，尽情驰骋，这在诗的第二、第三两大段里有充分的表现。诗人幻想在太空中翱翔，早晨从南方的苍梧山出发，傍晚便到了西北昆仑山上的悬圃。他在太阳洗澡的咸池给马喂水，把马的缰绳拴在扶桑树上。月神、风神、雷师、凤鸟、飘风、云霓一大群神物前呼后拥。神游西天一节，写他驾飞龙、鸣玉鸾，从天津启程，取道昆仑，渡赤水，过流沙，经不周，到西海。想象丰富奇特，境界恍惚迷离，场面宏伟壮丽，非常引人入胜。

了解了有关屈原的故事，你是不是对他的作品更感兴趣了呢？如果你想知道屈原究竟在诗里用了多少种香草来表达自己的政治理想，就快找来《离骚》的全诗，配合注释读读看吧！

第六章

# 官府的音乐机构收集来的民间歌辞

## ——乐府民歌三首

你还记得我们之前一起读过的《诗经》吗？其中的《国风》就是先秦时代各地的民歌。在汉代的时候，各地的民间歌谣被官府设立的音乐机构专门收集回来，这个机构就是"乐府"。"乐府"是古代音乐官署。"乐府"一名始于秦，秦及西汉惠帝时均设有"乐府令"。武帝时的乐府规模较大，掌管朝会宴飨、道路游行时所用的音乐，兼采民间诗歌和乐曲。

　　在两千多年后的今天，幸运的我们仍然能够看到保存下来的汉乐府民歌五六十首，它们真实地反映了下层人民的苦难生活。这些歌辞通俗易懂，比我们之前欣赏过的《诗经》和"楚辞"更为活泼自由，并且大多数在讲述一个完整的故事，其中的人物都具有十分鲜明的个性，非常适合青少年阅读。像我们儿时熟悉的《敕勒歌》和《木兰辞》，都是乐府民歌的优秀之作。

　　在介绍这三首民歌之前，我们先了解一下乐府民歌究竟有怎样的独特魅力。在《汉书·艺文志》里，叙述乐府诗时这样写道："自孝武立乐府而采歌谣，于是有代、赵之讴，秦、楚之风。皆感于哀乐，缘事而发。"意思是说，两汉乐府诗都是因为一些真实的事件有感而发，具有很强的针对性。激发乐府诗作者创作热情和灵感的是日常生活，乐府诗所表现的也多是人们普遍关心的敏感问题，道出了那个时代的苦与乐、爱与恨，以及对于生与死的人生态度。所以可以说，读一读汉乐府，就可以看到汉代百姓的真实生活，2000多年前的人穿越历史的时空，他们的言行举止活灵活现地在你眼前上演，是不是感觉非常奇妙啊！

汉乐府诗的作者有的出身富贵，有的是贫苦人家的孩子，其中还包括聪明勇敢的女性，因此，使得这些诗人的笔触深入到社会生活的各个层面，既有描写贵族生活鲜花着锦的奢靡，也有描写贫苦百姓饥寒交迫的困境，两种诗歌相比较，能让我们感受到非常巨大的反差。一边是饥寒交迫，在死亡线上挣扎；另一边是奢侈豪华，不知人间还有忧愁事。这种强烈的反差使得我们能够感受世态炎凉、喜怒哀乐。针对这两类乐府民歌的作品，我们选取了《东门行》和《相逢行》两首，与各位同学一起去看看2000多年前的"两极世界"。

也许世态炎凉的话题对于年轻的你们来说显得有些沉重了，别担心，汉乐府里还有一类非常轻松精彩的作品，那就是爱情诗。汉乐府对于男女之间的爱与恨作了直接的坦露和表白。这类题材作品在两汉乐府诗中占有较大比重，这些诗篇多来自民间，或出自下层文人之手，因此，在表达婚恋方面的爱与恨时，都显得大胆泼辣，毫不掩饰，让今天的我们读起来也感觉荡气回肠。本章就为大家介绍一首汉乐府的爱情诗《上邪》。

我们先来看看两首反映汉代贫富悬殊、世态炎凉的诗歌吧！

## 东 门 行

出东门，不顾归；来入门，怅欲悲。盎中无斗米储，还视架上无悬衣。拔剑东门去，舍中儿母牵衣啼："他家但愿富贵，贱妾与君共铺糜。上用仓浪天故，下当用此黄口儿。今非！""咄！行！吾去为迟！白发时下难久居。"

乍一看这首诗是不是觉得与众不同？不但是字数长短不一，而且还有人物直接讲的话。这是汉乐府民歌的一个显著特征：形式更加自由多变、富有生活气息。而其中的内容却让人不忍心读下去：刚才出东门的时候，就不想着再回来了。回到家进门就惆怅悲愁。米罐里没有多少粮食，回过头看衣架上没有衣服。拔剑出东门，孩子的母亲牵着衣服哭泣说："别人家只希望富贵，我情愿和你一起吃粥啊。在上有青天，在下有年幼的孩子。你现在这样做不对！"丈夫说："你不要管！我去了！我已走得太晚了！我已见白发脱落了，这种苦日子谁知还能够活几天？"

你可能会好奇，诗中的这个男子拔剑出门去要干什么呢？为什么他的妻子哭着阻止他呢？这才是这首诗背后最令人伤心的地方。原来，主人公走出家门，就不想着再回来了，可是妻子儿女又难以割舍。一进屋门，家徒四壁，生活无望，又拔剑出门，妻子生怕出事，一边哭泣一边劝阻，但主人公仍感到无路可走，终于挥衣而去。他去哪里呢？原来是要去做一些违反法纪的事情，比如盗窃、抢劫，甚至是起义造反。可见，饥寒交迫终究把人逼上了绝路。

诗的前半段写主人公要去"为非"的原因，用了六句。前两句写他下了决心走出东门，诗中却说"出东门，不顾归"。"不顾归"，是说原本下了决心，不打算回来了，但又不得不归，因为心中毕竟有所顾念。所顾念的自然是妻子儿女。可以想象：主人公在东门外踟蹰、扼腕，过了好一会，终于又脚步沉重地走回家来。然而，家中的景况，对于他来说，无异于当头棒喝，打消他的任何幻想。所以接下来的两句说"来入门，怅欲悲"。现在他清醒地意识到：除了走上绝路，没有别的选择了。这是多么绝望、多么无奈的决定啊！

摆在他面前的，是残酷的现实："盎中无斗米储，还视架上无悬衣。"无衣无食，这比出去干那桩事更可怕。要么冻饿待毙，要么拼一腔热血，同命运作最后的决斗。如取后者，尚存万一生的希望，顶多牺牲个人，却可能救

古人的作文有多精彩

活可怜的一家老小；若取前者，全家人只有死路一条。这是明摆着的事。这一段，通过对主人公复杂心理活动的描述，把主人公推向矛盾的顶点。诗中入情入理地写出主人公之所以走上这样一条可怕的道路，乃是为贫穷所逼。这也让我们觉得主人公十分可怜，也在一定程度上能理解他这样做的原因。

　　一个本来安分的人走上了那条危险之路，这是一个很复杂的过程，而诗人则紧紧抓住主人公几度徘徊、归而复出这一心理和行为的激烈矛盾，让我们体会到了他的别无选择、走投无路的境地。读着这些句子的你，是不是也像他一样感受到了命运的绝望呢？

　　而这首诗的后半段就更加高明了。"拔剑东门去"承上句而来，是主人公由犹豫、反复到下定最后的决心，异常真实地表现出主人公决绝而义无反顾的心情。终于下定决心了，不会再生出什么变故了吧？谁知道更加催人泪下的一幕上演了。他的妻子追上来，抓住他的衣角失声痛哭，她害怕自己的丈夫一去不复返。妻子说，别人富贵我不羡慕，我甘愿和你喝稀饭。这是自欺欺人的话，家中明明灶上连一粒米都没有了。大约她也发觉自己的话没有说服力，就又说："你看在老天爷的份上吧。"这话当然也不会生出什么效果。主人公早就不信老天爷了。她又让他为儿女着想，而他正是为了儿女才这样做的啊。妻子想到的是另一层：一旦丈夫所做的事败，触犯"王法"，不但救不了一家老小，而且还会将他们拖入更深的深渊。这也正是前面主人公一直犹豫不定的原因啊！

可是，生活实在是太艰难了，只有这唯——一个反抗的机会。于是主人公这样回答他的妻子："咄！行！吾去为迟！"两个单字句，一个四字句，短促有力，声情毕肖地表现了主人公的决难回转，让我们仿佛看到了一个准备拼命的人。"咄"在这里是急叱之声，吆喝他的妻子走开，不要阻拦他。他说现在去已经为时太晚，并非指这次行动，而是说先前对自己的可悲处境尚不觉悟，对这世道尚缺少清醒的认识。他感慨道，谁知道自己还能活几天呢？不如现在拼一把吧！

《东门行》这首汉乐府民歌描写了一个生活在社会底层的平民在无衣无食的绝境中，为极端穷困所迫不得不拔剑而起走上反抗道路的故事，这是现存汉乐府民歌中思想最激烈、斗争性最强的一篇作品。读完之后，你是不是也随着主人公的悲伤而悲伤，也体验到了主人公的绝望呢？这也许就是乐府民歌的独特魅力吧。

## 相　逢　行

相逢狭路间，道隘不容车。

不知何年少？夹毂问君家。

君家诚易知，易知复难忘；

黄金为君门，白玉为君堂。

堂上置樽酒，作使邯郸倡。

中庭生桂树，华灯何煌煌。

兄弟两三人，中子为侍郎；

五日一来归，道上自生光；

黄金络马头，观者盈道傍。

入门时左顾，但见双鸳鸯；

鸳鸯七十二，罗列自成行。

音声何噰噰，鹤鸣东西厢。

大妇织绮罗，中妇织流黄；

小妇无所为，挟瑟上高堂：

"丈人且安坐，调丝方未央。"

　　这首诗描写的显然是截然不同的光景。这首诗的作者是汉代的贵族，在诗中写尽了富贵人家的种种享受，是在喝酒宴会上的一篇娱乐的歌辞。让我们一起读一读，看看在社会底层的贫苦人民被逼上绝路的时刻，上层社会的贵族们在干些什么。

　　此诗可分为三个部分，前面六句是第一部分。两位驾车的少年在长安的狭窄小路上迎面而遇。路实在太窄了，谁也过不去，于是他俩就干脆停下车，攀起话来了。素不相识，没有太多的共同话题好谈，于是就面对酒宴上的主人夸起他家的声势显赫和无比豪富来。"君家"即"您的主人家"，"您的主人家是那么容易让人知道，知道后又是那么难以忘却啊"，他的主人听到这些话一定十分欣喜。

两位少年一唱一和，争着夸说主人家的种种富贵之状。"您家外部是黄金为门，内里是白玉为堂。"就像在我们熟悉的四大名著之首《红楼梦》中，也用"白玉为堂金作马"来形容大户人家的奢华富贵，一金一玉，其建筑之富丽堂皇可知。"您家中是樽中酒常满，座上客常有，待客时，还有来自邯郸的美丽歌伎献歌献舞。此时庭中桂树正在飘香，堂内华灯煌煌，照得通室明亮。"有酒有客，有美女有华灯，其权势地位、荣乐享受可知。以家僮身份出现的少年则说："我家乃官宦之家，家中兄弟三人，别人不提，就说老二吧，他在朝中做侍郎，每当休沐日回家，一路上好不气派，马笼头全是黄金为饰，道路生光；路旁观者如云，啧啧赞叹，挤满路旁。"这是多么显赫的气派啊！

之后两个少年再说到家里的情况：进得家门，左顾右盼，只见庭前池中一大群鸳鸯，双双对对排列成行；又闻家中所养白鹤，于东西厢房发出"嗺嗺"鸣声。它们都在欢迎主人的归来。养着白鹤，说明院子里有大型的池塘，那他们的庭院到底有多么广阔实在是难以想象啊。

"大妇织绮罗"六句是第三部分，写家中的三个儿媳妇。"我主人家中三个儿子各有一个媳妇，大妇、中妇擅长织作，能织绫罗绸缎。小妇另有所长，一到全家团聚之日，便鼓瑟来为全家助兴。"这一段夸耀自己主人家的三个儿媳妇，是在表示自己家的家礼家风和全家老小的天伦之乐，同时也暗示媳妇们能有如此才能，把家事操持得井井有条，则家中其他人员的才干，也就可想而知了。

读完这首诗，想必你一定跟我一样，久久地被这种富贵奢华的景象所震撼。这首诗对那位主人家的富贵享乐作铺排渲染，写得气氛热烈、生动夸张，让人有一种仿佛亲眼见到富丽堂皇的贵族居所的感受。然而也让我们的心中有一丝苦涩。想到《东门行》里饥寒交迫、走投无路的一家老小，又看到贵族人家玉堂金马的奢靡生活，真是地狱与天堂的差别。不过，也正是多亏了这些作者的创作，我们才能看到汉代从上至下不同阶层人民的生活。

接下来让我们转换一下沉重的心情，来看看汉代的人民是怎么歌颂爱情的吧！

# 上　邪

上邪！

我欲与君相知，

长命无绝衰。

山无陵，

江水为竭，

冬雷震震，

夏雨雪，

天地合，

乃敢与君绝！

　　读完你也就能够发现，这首诗是一个女子对天发誓的誓言，意思非常简单明了：上天呀！我渴望与你相知相惜，长存此心永不褪减，除非巍巍群山消逝不见，除非滔滔江水干涸枯竭。除非凛凛寒冬雷声翻滚，除非炎炎酷暑白雪纷飞，除非天地相交聚合连接，我才敢将对你的情意抛弃决绝！

　　"上邪"在汉代的口语之中就是"老天哪"的意思，"相知"即相亲相爱。此句说："天哪！我要和君相爱，让我们的感情永久不破裂，不衰减。"为了证实她的矢志不渝，她接连举了五种自然界不可能出现的现象："山无陵，江水为竭，冬雷震震，夏雨雪，天地合。"意思是：要想背叛我们的誓言，除非出现山平了，江水干了，冬日里雷雨阵阵，夏天里大雪纷纷，天与地合而为一！女主人公充分发挥她的想象力，一件比一件想得离奇，一桩比一桩不可思议。到"天地合"时，她的想象已经失去控制，漫无边际地想到人类赖以生存的一切环境都不复存在了。这种缺乏理智、夸张怪诞的奇想，是这位痴情女子表示忠贞于爱情的特殊形式。而这些根本不可能实现的自然现象都被抒情女主人公当作"与君绝"的条件，无异于说"与君绝"是绝对不可能的。结果呢？只有自己和"君"永远地相爱下去。

读完这首诗，一位勇敢的女子在心上人的面前指天发誓，直吐真言，表明自己的真心的形象呼之欲出。"长命无绝衰"五字，铿锵有力，于坚定之中充满忠贞之意。一个"欲"字，让我们看到了一位不堪礼教束缚，勇敢追求幸福生活的女性。是不是也让你非常佩服呢？

# 第七章

# 怎样的人才能写出"史家之绝唱，无韵之《离骚》"

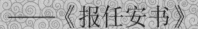

——《报任安书》

听完了汉代民间百姓的声音，我们也来认识一下汉朝的大文学家吧！这一章，我们要一起认识的文学家也是一位我们比较熟悉的人物，他就是《史记》的作者司马迁。

《史记》是西汉著名史学家司马迁撰写的一部纪传体史书，是中国历史上第一部纪传体通史，被列为"二十四史"之首，记载了上至上古传说中的黄帝时代，下至汉武帝元狩元年（公元前122年）间共3000多年的历史。与后来的《汉书》《后汉书》《三国志》合称"前四史"。《史记》全书包括十二本纪（记历代帝王政绩）、三十世家（记诸侯国和汉代诸侯、权贵兴亡）、七十列传（记重要人物的言行事迹，主要叙人臣，其中最后一篇为自序）、十表（大事年表）、八书（记各种典章制度记礼、乐、音律、历法、天文、封禅、水利、财用），共130篇，526 500余字。

《史记》对后世史学和文学的发展都产生了深远影响。其首创的纪传体编史方法为后来历代"正史"所传承。同时，《史记》还被认为是一部优秀的文学作品，在中国文学史上有重要地位，被鲁迅先生誉为"史家之绝唱，无韵之《离骚》"，有很高的文学价值。

那么，究竟怎样的人才能写出《史记》这样的惊世巨作呢？让我们一起走进《史记》背后，看一看司马迁是怎样讲述自己的生活吧！

　　司马迁，字子长，是西汉时期的史学家和文学家，被后世尊称为"史迁""太史公""历史之父"等等。司马迁幼年是在韩城龙门度过的。龙门在黄河边上，山峦起伏，河流奔腾，风景十分壮丽。这条中华民族的母亲之河滋养了幼年的司马迁。他常常帮助家里耕种庄稼，放牧牛羊，从小就积累了一定的农牧知识，养成了勤劳刻苦的好习惯。

　　司马迁的父亲是编写史书的官员，在父亲的严格要求下，司马迁十岁就阅读古代的史书。他一边读一边做摘记，不懂的地方就请教父亲。由于他格外的勤奋和绝顶的聪颖，有影响的史书都读过了，3000年的历史在他头脑中都有了大致轮廓。后来，他又拜大学者孔安国和董仲舒等人为师。他学习十分认真，遇到疑难问题，总要反复思考，直到弄明白为止。在父亲的熏陶下，他从小立志做一名历史学家。

　　一天，快吃晚饭了，父亲把司马迁叫到跟前，指着一本书说："孩子，近几个月，你一直在外面放羊，没工夫学习，我也公务缠身，抽不出空来教你。现在趁饭还没熟，我教你读书吧。"司马迁看了看那本书，感激地望了望父亲："爸爸，这本书我读过了，请你检查一下，看我读得对不对。"说完把书从头到尾背诵了一遍。听完司马迁的背诵，父亲感到非常奇怪。他不相信世界上真有神童，不相信无师自通，也不相信传说中的神人点化。可是，司马迁是怎么会背诵的呢？他百思不得其解！第二天，司马迁赶着羊群在前面走，父亲在后面偷偷地跟着。羊群翻过村东的小山，过了山下的溪水，来到一片洼地。洼地上水草丰美，绿油油的惹人喜爱。司马迁把羊群赶到草地中央，等羊开始吃草后，他就从怀中掏出一本书来读，那朗朗的读书声不时地在草地上萦绕回荡。看着这一切，父亲全明白了。他高兴地点点头，说："孺子可教！孺子可教！"

从20岁起，司马迁开始到各地游历，考察历史和风土人情，为他日后编写史书积累了充足的史料。做太史令后，他常有机会跟随皇帝在全国巡游，又收集了大量的历史资料，还了解到统治集团的许多内幕。他还如饥似渴地阅读宫廷收藏的大量书籍，收集了各种重要的史料。

就在司马迁的生活看起来一帆风顺的时候，一个巨大的灾难降临了。汉武帝天汉二年（公元前99年），武帝想让李陵为出酒泉击匈奴右贤王的贰师将军李广利护送辎重，李陵谢绝，并自请步兵五千涉单于庭以寡击众，武帝赞赏李陵的勇气并答应了他。然而，李陵行至浚稽山时却遭遇匈奴单于的军队，身后各路的援兵未到，匈奴之兵却越聚越多，粮尽矢绝之后，李陵最终选择了投降。

听到了李陵投降的消息，汉武帝非常愤怒，群臣也纷纷声讨李陵的罪过，唯有司马迁站出来说："李陵侍奉亲人孝敬，与士人有信，一向怀着报国之心。他只领了5000步兵，吸引了匈奴全部的力量，杀敌10000多，虽然战败降敌，其功可以抵过，我看李陵并非真心降敌，他是活下来想找机会回报汉朝的。"然而，公孙敖谎报李陵为匈奴练兵是为了有朝一日反击汉朝，汉武帝杀光了李陵的家人，而司马迁也以"欲沮贰师，为陵游说"被定为诬罔罪名。诬罔之罪为大不敬之罪，按律当斩。

然而司马迁想要编成史书的理想还没有完成，这时候慷慨赴死，虽然可以保全自己的名节，但是却不能实现父亲的遗愿。这一死如九牛亡一毛，与蝼蚁之死无异。于是他想到文王拘于囚室而推演《周易》；孔子困厄之时著作《春秋》；屈原放逐才赋有《离骚》；左丘失明乃有《国语》；孙膑遭膑脚之刑后修兵法；吕不韦被贬属地才有《吕氏春秋》传世；韩非被囚秦国，作《说难》和《孤愤》；《诗》三百篇，大概都是贤士圣人发泄愤懑而作。于是，司马迁毅然选择了忍辱负重，以腐刑赎身死。至此，司马迁背负着父亲穷尽一生也未能完成的理想，面对极刑而无怯色，在坚忍与屈辱中，完成那个属于太史公的使命，创作出了堪称"史家之绝唱，无韵之《离骚》"的《史记》。

之后，历朝历代的文学家都对司马迁的个人品格和

《史记》称赞有加。扬雄在《法言》一书中写道："太史迁，曰实录。""子长多爱，爱奇也。"扬雄是赞扬司马迁实录精神的第一人。

班固是汉代第一位系统评论司马迁的人。《汉书》中有《司马迁传》。班固在赞语中说司马迁的《史记》"不虚美，不隐恶"，也就是说它对于好事不会加以捏造夸大其实，对于坏事也不会刻意隐瞒粉饰太平，只是忠实地再现历史事件。司马迁的实录精神已成为中国史学的优良传统。

唐代诗人柳宗元认为《史记》文章写得朴素凝练、简洁利落，无枝蔓之疾；浑然天成、滴水不漏，增一字不容；遣词造句，煞费苦心，减一字不能。这是多么高的评价啊！

清代的金圣叹把《史记》作为"六才子书"之一，评论《史记》序赞90多篇。他在评《水浒传》《西厢记》中多次赞扬司马迁，发表了不少真知灼见。他说："隐忍以就功名，为史公一生之心。"在评《屈原贾生列传》中说司马迁"借他二人生平，作我一片眼泪"。金圣叹可谓司马迁的知音。他对《史记》与小说关系的探讨独树一帜。"《水浒传》方法即从《史记》出来""《水浒传》一个人出来，分明是一篇列传"。可见《史记》对后世小说写作技巧有多么深刻的影响。

到了近代，梁启超认为，"史界太祖，端推司马迁""太史公诚史界之造物主也"。梁启超对《史记》评价颇高，认为《史记》实为中国通史之创始者。他认为：史记之列传，借人以明史；《史记》之行文，叙一人能将其面目活现；《史记》叙事，能剖析条理，缜密而清晰。因此，他主张对于《史记》，"凡属学人，必须一读"。

鲁迅先生在《汉文学史纲要》一书中有专篇介绍司马迁。鲁迅认为："武帝时文人，赋莫若司马相如，文莫若司马迁。"司马迁写文章"不拘于史法，不囿于字句，发于情，肆于心而为文"，因而《史记》不失为"史家之绝唱，无韵之《离骚》"。鲁迅的评价成为《史记》评论中的不朽名言。

毛泽东在《为人民服务》一文中说："人总是要死的，但死的意义有不同。中国古时候有个文学家叫作司马迁的说过：'人固有一死，或重于泰山，或轻于鸿毛。'为人民利益而死，就比泰山还重，替法西斯卖力，替剥削人民和压迫人民的人去死，就比鸿毛还轻。"可见毛泽东对于司马迁也是十分熟悉和佩服的。

然而，读了这么多人对司马迁的评价，到底司马迁自己是怎么想的呢？他是如何经历这一连串的重大变故却依然坚持信念的呢？这就需要从他的文章《报任安书》中来寻求答案了。

《报任安书》是司马迁写给其友人任安的一封回信。司马迁以激愤的心情，陈述了自己的不幸遭遇，抒发了内心的痛苦，说明因为《史记》未完，他决心放下个人得失，忍辱负重地活着来完成个人的理想。文章中用了大量典故，用排比的句式一气呵成，对偶、引用、夸张等修辞手法穿插其中，气势宏伟。由于篇幅所限，这里就不引用全文了，只截取重点段落与各位同学赏析。如果你感兴趣的话，可以找《报任安书》的全文来读一读！

　　人固有一死，或重于泰山，或轻于鸿毛，用之所趋异也。……

　　夫人情莫不贪生恶死，念父母，顾妻子；至激于义理者不然，乃有所不得已也。今仆不幸，早失父母，无兄弟之亲，独身孤立，少卿视仆于妻子何如哉？且勇者不必死节，怯夫慕义，何处不勉焉！仆虽怯懦，欲苟活，亦颇识去就之分矣，何至自沉溺缧绁之辱哉！且夫臧获婢妾，犹能引决，况仆之不得已乎？所以隐忍苟活，幽于粪土之中而不辞者，恨私心有所不尽，鄙陋没世，而文采不表于后世也。

　　古者富贵而名摩灭，不可胜记，唯倜傥非常之人称焉。盖文王拘而演《周易》；仲尼厄而作《春秋》；屈原放逐，乃赋《离骚》；左丘失明，厥有《国语》；孙子膑脚，《兵法》修列；不韦迁蜀，世传《吕览》；韩非囚秦，《说难》《孤愤》；《诗》三百篇，大底圣贤发愤之所为作也。此人皆意有所郁结，不得通其道，故述往事，思来者。乃如左丘无目，孙子断足，终不可用，退而论书策，以舒其愤，思垂空文以自见。

这段话的大意是：

人本来就有一死，但有的人死得比泰山还重，有的人死得却比鸿毛还轻，这是因为他们用死追求的目的不同啊！

……

人之常情，没有谁不贪生怕死的，都挂念父母，顾虑妻室儿女。至于那些激愤于正义公理的人当然不是这样，这里有迫不得已的情况。如今我很不幸，早早地失去双亲，又没有兄弟互相爱护，独身一人，孤立于世，少卿你看我对妻室儿女又怎样呢？况且一个勇敢的人不一定要为名节去死，怯懦的人如果仰慕大义，什么情况不能勉励自己呢！我虽然怯懦软弱，想苟活在人世，但也稍微懂得区分弃生就死的界限，哪会自甘沉溺于牢狱生活而忍受屈辱呢？再说奴隶婢妾尚且能够下决心自杀，何况像我到了这样不得已的地步！我之所以忍受着屈辱苟且活下来，陷在污浊的监狱之中却不肯死，是遗憾我内心的志愿有未达到的，如果平平庸庸地死了，文章就不能在后世显露。

古时候富贵但名字磨灭不传的人，无法完整地记录，只有那些卓越洒脱不平常的人才被称颂。周文王被拘禁而推演了《周易》；孔子受困窘而作《春秋》；屈原被放逐，才写了《离骚》；左丘明失去视力，才有《国语》；孙膑被截去膝盖骨，《兵法》才被撰写出来；吕不韦被贬谪到蜀地，后世才流传着《吕氏春秋》；韩非被囚禁在秦国，写出《说难》《孤愤》；《诗经》三百篇，大致是一些圣贤们为抒发愤慨而写作的。这些人都是（因为）感情有压抑郁结不解的地方，不能实现其理想，所以记述过去的事迹，使将来的人深思。就像左丘明没有了视力，孙膑断了双脚，终生不能被人重用，便退隐著书立说来抒发他们的怨愤，从事著述来表达自己的思想。

节选的这段中，司马迁讲述了自己在慷慨赴死和隐忍苟活之间的艰难抉择，这样复杂的心理活动和痛苦无奈的决定让我们不忍卒读。"人固有一死，或重于泰山，或轻于鸿毛，用之所趋异也。"司马迁认识到生与死的价值，并作出了毫不含糊的解释。在生命气节和理想大义面前的选择，原来是这么艰难和沉重啊！

在这篇文章里，司马迁也展现了自己叙事描写的绝妙才华，《报任安书》把李陵事件叙述得凄婉动人。司马迁讲到，李陵带领的兵卒不满5000，深入敌人军事要地，到达单于的王庭，好像在老虎口上垂挂诱饵，向强大的胡兵四面挑战。面对着几万敌兵，同单于连续作战十多天，杀伤的敌人超过了自己军队的人数，使得敌人连救死扶伤都顾不上。匈奴君长都十分震惊恐怖，于是就征调左、右贤王，出动了所有会开弓放箭的人，举国上下共同攻打李陵并包围他。李陵转战千里，箭都射完了，进退之路已经断绝，救兵不来，士兵死伤成堆。但是，当李陵振臂一呼、鼓舞士气的时候，兵士没有不奋起的，他们流着眼泪，一个个满脸是血，强忍悲泣，拉开空的弓弦，冒着白光闪闪的刀锋，向北拼死杀敌。这是多么悲壮，多么英勇无畏的爱国将士啊！让今天的我们读起来也觉得荡气回肠、深受触动。

即使遭受了极刑，司马迁依旧没有向君主屈服，依旧坚持自己的信念，文章里处处流露着对汉武帝的不满，丝毫没有屈服谄媚的情绪。这种坚定不屈的品质也被司马迁带进了他的《史记》之中，他秉承着"究天人之际，通古今之变，成一家之言"的信念，希望自己呕心沥血创作的书可以流传后世，这样自己受尽了屈辱也不会后悔。读到这里，想必每一个读者都会感叹，如果司马迁泉下有知，看到他的《史记》在后世拥有如此之高的评价和地位，一定会非常欣慰的。

这部伟大著作开创了我国纪传体通史的先河，史料丰富而翔实，历来受人们推崇。试问司马迁如果没有坚定的理想信念，当时他会忍辱活下来吗？又怎会写出流传于世的著作《史记》呢？

巴金说过，理想不抛弃苦心追求的人，只要不停止追求，你们就会沐浴在理想的光辉之中。如果说每个人的生命都是一只在大海中漂泊的小船，那么理想就是小船上的船帆。没有了理想，就好像小船没有了帆，没有了前进的动力。理想是前进的动力，正是因为有了它，我们才能前进。读完了司马迁的故事，让我们像他一样，学会去做一个拥有远大理想并且坚持不懈的人吧。

# 第八章

# 华丽铺陈的三国辞赋背后有着怎样的传说故事

## ——《洛神赋》

随着历史的脚步，我们终于来到了烽烟四起的三国时代啦！从小我们就十分熟悉这一时期的英雄豪杰，曹操、刘备、孙权三足鼎立，诸葛孔明的神机妙算，关云长将军的英勇无敌，各种各样的故事和传说我们都能信手拈来。而这一章，我们要了解的这位作家，就是鼎鼎大名的曹丞相曹操的儿子——曹植。

曹植，字子建，是曹操与武宣卞皇后所生的第三个儿子，生前曾为陈王，去世后谥号"思"，因此，又称陈思王。曹植是三国时期曹魏著名文学家，是建安时期成就较高的文学家。他在魏晋南北朝时期，被推尊到文章典范的地位。代表作有《洛神赋》《白马篇》《七哀诗》等。后人因其文学上的造诣而将他与曹操、曹丕合称为"三曹"。

南朝宋文学家谢灵运称赞曹植说，天下的文才加起来如果有一石那么多的话，曹植自己就要独占八斗。（古代的计量单位"一石"等于"十斗"，一石天下的文才，曹植自己就占了八成，可见他是多么才华横溢，令后人景仰啊！）《诗品》的作者钟嵘亦赞曹植"骨气奇高，词彩华茂，情兼雅怨，体被文质，粲溢今古，卓尔不群"。王士禛也评论汉魏以来2000年间的大诗人，堪称"仙才"的人，只有曹植、李白、苏轼三人而已。可见曹植的文学成就之高。

曹植自小非常聪慧，才十岁出头，就能诵读《诗经》《论语》及先秦两汉辞赋，诸子百家也曾广泛涉猎。他文思敏捷，谈锋健锐，觐见曹操时每被提问常常应声而对，脱口成章。曹操曾经看了曹植写的文章，惊喜地问他："你请人代写的吧？"曹植答道："话说出口就是论，下笔就成文章，只要当面考试就知道了，何必请人代作呢！"再加之其性情坦率自然，不讲究庄重的仪容，车马服饰不追求华艳、富丽，这自然很得曹操的欢心。渐渐地，曹操开始把宠爱转移到曹植身上。从15岁起，曹植就随着父亲曹操南征北战。在这段经历中，发生过很多有趣的传说故事。

　　一年仲秋，曹操率曹植和五位宠将到狩猎场打猎。秋高气爽，衰草如盖，漫山红遍，北方的狩猎场呈现出一派雄丽、悲壮的气象。曹操捋着长长的胡须，兴致勃勃。一声令下，随行的士兵手持长矛，聒噪叫嚷。

　　突然，一只卧姿安闲、色彩斑斓的梅花鹿被他们从树丛里赶出来，它似乎已经感觉到灾难的降临，惊悸地在空旷的猎场上狂跑。众将军张弩搭箭，纵马追逐，"嗖！嗖！"梅花鹿惨叫几声倒在血泊之中。曹操驱马赶来，见除了一支箭直穿鹿喉外，其余四支箭全部落空。他决定重赏射中的将军，并封其为"神射手"。

　　随行人员从鹿喉上拔出箭杆，呈给了曹操。曹操仔细看了看箭杆上刻的姓名，微微点头。他想："眼下正是用人之时，吞吴蜀，包举宇内，非但要有冲锋陷阵、骁勇善战的强将勇士，更需要有运筹帷幄、决胜千里的谋士贤臣。何不趁此机会考考曹植和众将军的智谋呢？"于是问道："刚才，五箭并发，却只有一个将军射中了鹿喉，你们猜猜看他是谁？"

赵将军说："是孙将军射中的。"钱将军说："不应该是孙将军射中的。"孙将军说："是我射中的！"郑将军说："总之孙将军和我都没有射中。"王将军说："是孙将军和郑将军中的一个人射中的。"

曹操听了笑着说："你们当中只有三个人猜中了，其中有王将军，诸位将军，现在心中可有数？"众将军仍是抓耳挠腮，难解答案。刚才孙将军还一口咬定是自己射中的，经曹操这般隐晦曲折的提示，也难以肯定了。

这时曹植镇静自若地说："这个神射手，就是孙将军。"曹操不由畅怀笑道："植儿说得对！孙将军，寡人特封你为神射手，赏金一千两。"孙将军连忙叩首谢封："谢丞相大人。"此时，其他四位将军仍然疑惑不解，一齐问道："公子不知有何根据？"

曹植答道："诸位将军注意到没有？既然我父讲王将军的说法是对的，而王将军说的或是孙将军或是郑将军。那么，先假设是郑将军射中的，五人说法中，赵将军、钱将军、郑将军、孙将军都错了，只有王将军说对，那四错一对，这不符合我父所说的条件，显然这个假设是错的，那肯定不是郑将军射中的。既然郑将军、孙将军两人中有一人射中，郑将军已排除，当然非孙将军莫属了。"

众将军听完曹植一番分析，都佩服曹植才智过人。曹操又捋着长髯，不禁满意地大笑起来，从心里越发喜欢这个聪明的儿子了。

曹操对曹植的疼爱，使得二儿子曹丕感受到了威胁，于是曹丕就把曹植视作了自己的眼中钉。

建安十五年（公元210年），曹操在邺城所建的铜雀台落成，召集了一批文士"登台为赋"，曹植也在其中。在众人之中，独有曹植提笔略加思索，一挥而就，而且第一个交卷，其文曰《登台赋》。从此曹操对曹植寄予厚望，认为他是最能成就大事的人。

建安十六年（公元211年）秋，刚行冠礼的曹植暂时告别了在邺城宴饮游乐、吟诗作赋的优游生活，慨然请缨，随父西征。一路上跋山涉水，晓行夜宿。当西征大军辗转到帝都洛阳时，曹植被眼前的一幕惊呆了：洛阳城饱受战火的洗劫，往日的繁华消逝得无影无踪，到处都是残垣断壁，荆棘丛生，昔日气势雄浑的皇宫已成一片废墟，湮没在杂草间，片片黄叶满城乱舞。满腔热血的曹植怀着一颗立功垂名的心，随西征军离开洛阳，继续向西进发。

经过一年多的兼并战争，西部最终结束了一盘散沙的混乱局面，迎来了稳定与安宁。凯旋的曹植不久即被封为临淄侯。

为了打败曹植，曹丕先是努力讨取曹操的欢心，在曹操出征时跪在地上大哭，伪装仁厚孝道担心父亲的安危。他知道曹操崇尚节俭，就穿带补丁的衣服，床帐破了也不换新的，补一补再用。另一方面，他处处为曹植下绊子，让曹植在曹操面前做不成事而丢脸。

有一次，曹操派曹植率兵出征，前一天晚上曹操把兵符印信都交到了曹植手上，而且号令了三军明日天明起兵出征。这天晚上曹丕到大营中找曹植喝酒，曹植正在准备出征的事不肯去。曹丕说："兄弟刚刚当了三军主帅就瞧不起哥哥了，以后兄弟要是接了父亲的班当了魏王，恐怕连哥哥站脚的地方也没有了，还能顾什么同胞手足的情意呀。"说完竟站在那里抽抽搭搭地哭了起来。曹植一见只好跟着他去喝酒。在曹丕的府中曹植本来打算喝一点就退出来，可曹丕不依不饶，硬是把曹植灌得酩酊大醉。

第二天，曹植酒醉不醒，将士们早已在校场列好了队专等着主帅一到就率军出征。可是，左等不来，右等不来，太阳升起来了还是不见主帅踪影，将士们等得不耐烦已有些骚动。监军向曹操作了汇报，气得曹操暴跳如雷。这时曹丕来了，曹操气恼地问他："为什么昨天晚上你让他喝酒，安的什么心？"曹丕说："父王冤枉了儿臣，昨天晚上他到我那里要酒喝，我不让他喝，他非喝不可。我让他少喝，他却说，今天我要喝你一点儿酒，你却这样小气舍不得，我这次当了出征的主帅，等我得胜还朝父王一定让我当世子。将来我当了魏王，看那时我怎么治你。"曹操听了就立即要把曹植抓来杀头，多亏程昱等谋士劝住曹操才改派曹彰为主帅，带兵出征去了。

但是，曹植也存在自身的缺点，他文人气、才子气太浓，常常任性而行，不注意修饰约束自己，饮起酒来毫无节制，做出几件让曹操很是失望的事。"陈王昔时宴平乐，斗酒十千恣欢谑。"就连诗仙李白在《将进酒》里也写到了曹植爱喝酒。尤其是在建安二十二年（公元215年），他在曹操外出期间，借着酒兴私自坐着王室的车马，擅开王宫大门司马门，在只有帝王举行典礼才能行走的禁道上纵情驰骋，一直游乐到金门，他早把曹操的法令忘到九霄云外去了。曹操大怒，处死了掌管王室车马的公车令。从此加重对诸侯的法规禁令，曹植也因此事而日渐失去曹操的信任和宠爱。十月，曹操召令曹丕为世子。从此，曹植告别了昂扬奋发的人生阶段，陷入难以自拔的苦闷和浓浓的悲愁中。

公元 220 年，一代枭雄曹操病逝。曹丕承袭了父亲的丞相职位。不久，曹丕以"禅让"为名，推翻了汉献帝，并改国号为魏，自己登上了皇帝的宝座，史称魏文帝。而曹植在父亲死后，一直郁郁寡欢。他脱离了当时朝廷的种种政治争斗，常和一些文人墨客、风流学士开怀畅饮，吟诗作词。他极富诗才，常常出口成章，语惊四座。但是性情急躁、心胸狭窄的曹丕却对曹植曾与他争世子一事耿耿于怀，而且每当别人赞赏曹植的诗才时，他的嫉妒之情便油然而生。

一天，有人闯进殿禀报，说是曹植正和某一县府的几位官员在一起大肆酗酒，对城内事务不闻不问。曹丕一想机会来了，马上命人将曹植等人押到殿前，准备问斩。曹母闻讯大惊，踉踉跄跄赶到宫殿，流着泪问曹丕："你弟弟平时是稍微放纵了一些，可是犯得着这样吗？你今天难道不能看在手足情分上放了他？这样我死后在黄泉地府也就瞑目了。"曹丕冷冷地答道："母亲，我何尝不知道这些？只是他今天的事太不成体统了，我岂能饶他？请母亲还是回避吧！"曹母哽咽着说不出话，只得泪流满面地走了。

曹丕走到曹植面前，道："你不是一向夸耀自己的诗才吗？现在我限你走完七步作一首诗，你要吟出你我兄弟之间的关系，但不能出现'兄弟'的字样。吟出来，就免你一死。不然，就别怪我不念手足之情！"全场鸦雀无声，大家都觉得曹植难免一死了。

这时，跪在地上的曹植却突然抬起了头，表示愿意从命。只见他慢慢站直了身子，闭上眼，仰面沉思了一会，向前迈进三步，就听他大声吟道：

"煮豆燃豆萁，豆在釜中泣；本是同根生，相煎何太急！"

曹植边走边吟，刚好七步走完，一首诗也就作成了。众人不由得暗暗叹服。曹丕听完，一股惭愧之情直涌心头，下令给予曹植降级处分，放他走了。

然而，尽管免于一死，曹植还是免不了处处受到曹丕的打击。黄初三年（公元222年）四月，31岁的曹植被封为鄄城王，也就是在这次被封王之后回鄄城的途中，他写下了著名的《洛神赋》。在《洛神赋》中，诗人描摹了一位美丽多情的女神形象，把她作为自己美好理想的象征，寄托了自己对美好理想的倾心仰慕和热爱；又虚构了向洛神求爱的故事，象征了自己对美好理想梦寐不辍的热烈追求；最后通过对恋爱失败的描写，以此表达自己对理想的追求归于破灭。

《洛神赋》，原名《感鄄赋》，又作《感甄赋》（鄄指山东鄄城，古代称甄城），是曹植的辞赋代表作品。曹植模仿战国时期楚国宋玉《神女赋》中对巫山神女的描写，叙述自己在洛水边与洛神相遇的故事。此赋虚构了作者自己与洛神的邂逅和彼此间的思慕爱恋，洛神形象美丽绝伦，人神之恋缥缈迷离，但由于人神道殊而不能结合，最后抒发了无限的悲伤怅惘之情。

文章开篇写作者从洛阳回到封地时，看到"丽人"宓（fú）妃伫立山崖。之后就重点描写了宓妃仪容服饰之美，这是《洛神赋》里最为精彩的段落。

余告之曰："其形也，翩若惊鸿，婉若游龙。荣曜秋菊，华茂春松。仿佛兮若轻云之蔽月，飘飖兮若流风之回雪。远而望之，皎若太阳升朝霞。迫而察之，灼若芙蕖出渌波。秾纤得衷，修短合度。肩若削成，腰如束素。延颈秀项，皓质呈露，芳泽无加，铅华弗御。云髻峨峨，修眉联娟，丹唇外朗，皓齿内鲜。明眸善睐，辅靥承权。瑰姿艳逸，仪静体闲。柔情绰态，媚于语言。奇服旷世，骨象应图。披罗衣之璀粲兮，珥瑶碧之华琚。戴金翠之首饰，缀明珠以耀躯。践远游之文履，曳雾绡之轻裾。微幽兰之芳蔼兮，步踟蹰于山隅。于是忽焉纵体，以遨以嬉。左倚采旄，右荫桂旗。攘皓腕于神浒兮，采湍濑之玄芝。"

这段是作者向车夫介绍所遇见的洛神，他说："她的形影，翩然若惊飞的鸿雁，婉约若游动的蛟龙。容光焕发如秋日下的菊花，体态丰茂如春风中的青松。她时隐时现像轻云笼月，浮动飘忽似回风旋雪。远而望之，明洁如朝霞中升起的旭日；近而视之，鲜丽如绿波间绽开的新荷。她体态适中，高矮合度，肩窄如削，腰细如束，秀美的颈项露出白皙的皮肤。既不施脂，也不敷粉，发髻高耸如云，长眉弯曲细长，红唇鲜润，牙齿洁白，一双善于顾盼的闪亮的眼睛，两个面颊下甜甜的酒窝。她姿态优雅妩媚，举止温文娴静，情态柔美和顺，言辞得体可人。洛神服饰奇艳绝世，风骨体貌与图上画的一样。她身披明丽的罗衣，带着精美的佩玉。头戴金银翡翠首饰，缀以周身闪亮的明珠。她脚上穿着饰有花纹的远游鞋，拖着薄雾般的裙裾，隐隐散发出幽兰的清香，在山边徘徊倘佯。忽然又飘然轻举，且行且戏，左面倚着彩旄，右面有桂旗庇荫，在河滩上伸出玉手，采撷水流边的黑色芝草。"

后来"翩若惊鸿，婉若游龙"也用来形容书圣王羲之的书法作品的流畅美感。

第三段写作者非常爱慕洛神，她既识礼仪又善言辞，作者虽已向她表达了真情，赠以信物，有了约会，却担心受欺骗，表达了自己的爱慕之深。之后，洛神听闻了作者对她的一片痴心，十分感动，于是水中天上各路神仙都现身，时而飞舞，时而吟咏，令作者大开眼界。这一段描写也十分精彩，我们一起来欣赏一下曹植的原文吧。

于是洛灵感焉，徙倚彷徨。神光离合，乍阴乍阳。竦轻躯以鹤立，若将飞而未翔。践椒途之郁烈，步蘅薄而流芳。超长吟以永慕兮，声哀厉而弥长。

尔乃众灵杂遝，命俦啸侣。或戏清流，或翔神渚。或采明珠，或拾翠羽。从南湘之二妃，携汉滨之游女。叹匏瓜之无匹兮，咏牵牛之独处。扬轻袿之猗靡兮，翳修袖以延伫。体迅飞凫，飘忽若神。凌波微步，罗袜生尘。动无常则，若危若安。进止难期，若往若还。转眄流精，光润玉颜。含辞未吐，气若幽兰。华容婀娜，令我忘餐。

上面两段的意思是：这时洛神深受感动，低回徘徊，神光时离时合，忽明忽暗。她像仙鹤一般耸起轻盈的躯体，做出想要飞翔的姿势；又踏着充满花椒浓香的小道，走过杜蘅草丛而使芳气流动。忽又怅然长吟以表示深沉的思慕，声音哀惋而悠长。

于是众神纷至沓来，呼朋唤友，有的戏嬉于清澈的水流，有的飞翔于神异的小渚，有的在采集明珠，有的在俯拾翠鸟的羽毛。洛神身旁跟着娥皇、女英南湘二妃，她手挽汉水之神，为瓠瓜星的无偶而叹息，为牵牛星的独处而哀咏。时而扬起随风飘动的上衣，用长袖蔽光远眺，久久伫立；时而又身体轻捷如飞凫，飘忽游移无定。她在水波上行走，丝袜溅起的水沫如同尘埃。她动止没有规律，像危急又像安闲；进退难以预知，像离开又像回返。她双目流转光亮，容颜焕发泽润，话未出口，却已气香如兰。她的体貌婀娜多姿，令我看了茶饭不思。

这是多么浪漫又恢宏的场面啊！曹植用他才华横溢的文笔描绘了一幅精彩绚烂的洛神出水图，令人感觉不是在阅读文字，仿佛真的看到了洛神与众仙翩翩飞舞的奇景。东晋的著名画家顾恺之就依照曹植的描写画了一幅《洛神赋图》，真的把曹植笔下的奇景变成了丹青，使人不得不赞叹曹植精彩绝伦的文笔和想象。

接着，曹植描写洛神离去时水中天上各种奇珍异兽为她驾车开路的场景，并表达了依依不舍的爱恋，以及离别之后对洛神的思念。由于篇幅限制，我们无法逐字逐句赏析《洛神赋》，你如果感兴趣的话，可以在课外找来读读看。

关于曹植究竟在《洛神赋》中怀念的是谁，历来众说纷纭。有一个传说比较有趣，说曹植的《洛神赋》又叫作《感甄赋》，其实是在怀念甄宓。甄宓究竟是谁呢？关于这个女子，当时流传着"河北有甄宓，江南有二乔"这样的说法。可见，甄宓是与三国时期的著名美女大乔、小乔齐名的人，肯定也是一位美女。

甄宓年少的时候，她的聪慧美貌就早已传了出去。当时雄踞北方的袁绍捷足先登，派人到甄家为二儿子袁熙提亲。婚后袁熙驻守幽州，甄宓和婆婆刘氏留在袁绍的大本营邺城。建安九年（公元204年），曹操攻下邺城，甄宓被俘，后来就嫁给了曹丕。

在曹家，甄宓也是一个孝顺的儿媳。有一次，曹丕的母亲卞夫人随同曹操出征，而甄宓和曹丕留守邺城。远征途中，卞夫人染病留在孟津治疗，甄宓知道后坚持要曹丕派人送她去照顾婆婆。曹丕怕路上出意外不同意，甄宓为此日夜担心哭泣，直到派去的使者带回卞夫人报平安的书信，才放下心来。第二年，卞夫人和曹操回到邺城时，甄宓流着眼泪去迎接，卞夫人感动得从此把她当作亲生女儿一样看待。

然而，甄宓的幸福时光在曹丕当上皇帝后终结。曾经风华绝代的甄宓在曹丕得到小妾郭氏之后，就没过上几天舒心日子。郭氏本是别人家的婢女，被作为礼物送给曹丕。郭氏最初不过是一名下等侍妾，在曹丕与曹植斗争的关键时刻，她却帮曹丕出了不少主意，逐渐得到曹丕的宠爱和信任。此时的甄宓已年近40，青春已是往事，她虽然聪慧却不善权谋，更不会玩弄权术、策划阴谋，因而被曹丕逐渐淡忘。

不久，有人诬告甄宓用巫术诅咒曹丕等人。当时甄宓留在邺城，曹丕远在洛阳，分离时日长久，曹丕身边又是美女成群，自然将人老珠黄的甄宓忘到九霄云外，疏于关心问候。甄宓抱怨的话语和因幽怨而作的《塘上行》被有心人添油加醋转告曹丕，曹丕一怒之下，于同年六月派使者送去诏书赐死甄宓。可怜这位风华绝代的才女竟然如此悲惨地离开了人世，死时只有40岁。郭氏害死甄宓仍不罢休，她要让甄宓永世不得翻身，于是又花言巧语蛊惑曹丕，将甄宓的遗体"被发覆面，以糠塞口"，草草掩埋了事。

甄宓死后第二年，曹丕的弟弟曹植到洛阳朝见曹丕。曹丕知道当年曹植曾恋慕甄宓，以至于茶饭不思，便把甄宓生前所用的玉镂金带枕赐给曹植作纪念。曹植回程途中路过洛水，想起洛神之说，捧着佳人的玉枕，不禁潸然泪下，泪光中似乎看到那与洛水同名的佳人足踏清波飘然而至，遂作《感甄赋》抒怀。甄宓的儿子曹叡登基后为了避嫌，将这篇赋更名为《洛神赋》。

六年后，曹丕病亡，甄宓的儿子曹叡即位，郭氏因夺皇后之位害死甄宓的阴谋被揭露，曹叡命郭皇后自杀，表面上风光大葬，暗中却让人将她"被发覆面，以糠塞口"，为母亲报了仇，并追封甄宓为文昭皇后，以大礼重新厚葬。

这就是曹植创作《洛神赋》背后恩怨纠葛的传说故事。

# 第九章

# 江郎才尽之前究竟有怎样的绝世文采

——《别赋》

当我们告别了三国时代群雄争霸的烽烟，接着就进入了名士辈出、风雅独立的魏晋南北朝时期。这一时期的文章主要还是以辞赋为主，有趣的是，其间诞生了许许多多个性独特的文学家，围绕着这些人发生了许许多多有趣的故事。很多故事被写进了笔记小说里面，还有一些故事则成为成语流传到了今天。这一章我们要认识的江淹，就是一位"成语达人"。为什么这么说呢？提起江淹你们也许会觉得陌生，但是如果提起"江郎才尽"这个成语，你们一定非常熟悉吧！这个成语讲述的就是江淹的故事。而且，"梦笔生花"和"文通残锦"两个成语，也是从江淹的故事中而来的。单单一个文学家就独占了三个成语，怎么能不被称作"成语达人"呢！

那么江淹究竟是谁？他到底多有才华呢？他又是怎样"才尽"的呢？让我们来一起认识江淹和他的代表作《别赋》吧。

江淹，字文通，南朝著名政治家、文学家。江淹小的时候家里非常贫困，但是他聪明好学，六岁就能作诗，文章也写得非常漂亮。13岁丧父，20岁左右在新安王刘子鸾幕下任职，开始其政治生涯，后来又做了高官。江淹去世的时候，皇帝梁武帝都为他穿孝服哀悼，可见他当时备受尊敬。

江淹突出的文学成就表现在他的辞赋方面，他是南朝辞赋大家，与鲍照并称"江鲍"。南朝辞赋发展到"江鲍"达到了一个高峰。江淹的《恨赋》《别赋》与鲍照的《芜城赋》《舞鹤赋》都是南朝辞赋的佳作。接下来我们就来欣赏江淹的代表作《别赋》。

《别赋》是一篇抒情小赋，写的是人间的各种别离。此赋以浓郁的抒情笔调，以环境烘托、情绪渲染、心理刻画等艺术手法，通过对戍人、富豪、侠客、游宦、道士、情人别离的描写，生动具体地反映出齐梁时代社会动乱的侧影。全赋用骈偶的句式，读起来押韵上口，绘声绘色，语言清丽，声情婉谐，千百年来，脍炙人口。下面介绍其中一些精彩的段落供大家欣赏。

黯然销魂者，唯别而已矣！况秦吴兮绝国，复燕宋兮千里。或春苔兮始生，乍秋风兮暂起。是以行子肠断，百感凄恻。风萧萧而异响，云漫漫而奇色。舟凝滞于水滨，车逶迟于山侧；棹容与而讵前，马寒鸣而不息。掩金觞而谁御，横玉柱而沾轼。居人愁卧，怳若有亡。日下壁而沉彩，月上轩而飞光。见红兰之受露，望青楸之离霜。巡曾楹而空掩，抚锦幕而虚凉。知离梦之踯躅，意别魂之飞扬。

……

下有芍药之诗，佳人之歌。桑中卫女，上宫陈娥。

春草碧色，春水渌波，送君南浦，伤如之何！至乃秋露如珠，秋月如珪，明月白露，光阴往来，与子之别，思心徘徊。

这些句子给人的第一印象就是用词非常优美华丽。那么到底是什么意思呢？节选这两段的大意是：

最使人心神沮丧、失魂落魄的，莫过于别离啊。何况秦国、吴国是相去极远的国家，更有燕国、宋国相隔千里。有时春天的苔痕刚刚滋生，蓦然间秋风萧瑟初起。因此游子离肠寸断，各种感触凄凉悱恻。风萧萧发出与往常不同的声音，云漫漫而呈现出奇异的颜色。船在水边滞留着不动，车在山道旁徘徊而不前，船桨迟缓怎能向前划动，马儿凄凉地嘶鸣不息。盖住金杯吧，谁有心思喝酒，搁置琴瑟，泪水沾湿车前轼木。居留家中的人怀着愁思而卧，恍然若有所失。映在墙上的阳光渐渐地消失，月亮升起清辉洒满了长廊。看到红兰缀含着秋露，又见青楸蒙上了飞霜。巡行旧屋空掩起房门，抚弄锦帐枉生清冷悲凉。想必游子别离后梦中也徘徊不前，猜想别后的魂魄正飞荡飘扬。

……

下界有男女咏"芍药"情诗，唱"佳人"恋歌。卫国桑中多情的少女，陈国上宫美貌的春娥。春草染成青翠的颜色，春水泛起碧绿的微波，送郎君送到南浦，令人如此哀愁情多！至于深秋的霜露像珍珠，秋夜的明月似玉珪，皎洁的月光与珍珠般的霜露，时光逝去又复来，与您分别，使我相思徘徊……

这是多么美妙又令人伤感的意境啊，能把"离别"这个抽象的词写得如此精彩，怪不得当时的人会传说江淹"梦笔生花"了！

离别是人之常情，想必即使是年轻的你也经历过伤离、伤别。然而离别是眼看不到手摸不到的，这样虚无的东西怎么才能写成一篇文章呢？才华横溢的江淹就择取离别的七种类型摹写离愁别绪，有代表性，并曲折地映射出南北朝时战乱频繁、聚散不定的社会状况。这样的题材非常新颖，也充分展现了江淹的才华。

文章开门见山地说"黯然销魂者，唯别而已矣"。首段总起，泛写人生离别之悲。"黯然销魂"就是离别的最主要特征，短短四个字，就让我们体会到了别离的无奈悲凉。

中间七段分别描写富贵之别、侠客之别、从军之别、绝国之别、夫妻之别、方外之别、情侣之别，江淹认为别离尽管是大家都会经历的，但是每个人的感情却各不相同，于是写出了各种别离的情状。最后又概括了别离的共有感情，呼应开头，使得每一个读者都能体验到悲哀和伤痛的独特美感。而且江淹的语言也十分优美，清新流利，充满诗情画意。尤其是"春草碧色，春水渌波，送君南浦，伤如之何"等名句，使人读起来仿佛看到清澈的小溪在山涧中潺潺流过，一种绵长的哀伤情绪荡漾在胸中，简直让人忍不住落泪。

然而，如此才华横溢的江淹，到了老年却再也写不出像《别赋》这样美妙的文章了。《南史·江淹传》里说，江淹"少以文章显，晚节才思微返"。意思是说，他年轻的时候就以善于写文章著名，但到了晚年，文学才能却显著减退，再没有写出好文章。世人都觉得奇怪，江淹究竟是怎么了？在一些史书里记载了江淹的经历。

传说江淹年轻的时候，因为自己为官耿直刚正，触怒了一些权贵，于是遭到了陷害，被贬黜到浦城当县令。那时的江淹，虽然博览群书，但是文章才华并不是十分出众。有一天，正值春暖花开，江淹想要到郊外踏青。他一边欣赏着如画的风景，一边漫步到了浦城郊外。走了大半天实在太累了，他就找了一处小山，山上栽满了郁郁葱葱的垂柳，他便在柳荫下睡着了。也许是此处风光秀丽有灵气，也许是江淹刻苦读书的经历感动了神灵，总之江淹做了一个非常神奇的梦。在他的睡梦中，有一位老神仙来找他，对他说："江淹，你读书十分用功，为官清廉正直，今日受到了陷害才沦落到这里，上天体谅你的经历，特地派我来送你一件礼物作为回报。"说着就把一支笔交给了江淹。江淹感恩戴德地收下了，捧在手里一看，这支笔是用美玉雕刻而成的，晶莹剔透，笔杆上还开出了一朵宝石做成的花，闪烁着五彩的光芒，非常漂亮。江淹抬头正要感谢老神仙，却发现老神仙已经驾着彩云飘远了，原来这位神仙就是天上的文曲星下凡。等到江淹醒来，虽然手中并没有老神仙赠送的神笔，但是却感到脑海中充满了文章的灵感，绝妙的词句呼之欲出，他赶紧回到家挥笔写就了一篇洋洋洒洒的华丽文章，比他之前任何一篇文章都要精彩百倍。从此江淹文思如泉涌，精品文章越来越多，成了当时最著名的大文豪。于是他的这段梦也随着他的名气传了出去，当时人称为"梦笔生花"，这就是"梦笔生花"这一成语的出处。

到了江淹晚年，他的才华已经远不如年轻的时候了。年纪渐渐大了以后，他的文章不但没有以前写得好了，而且退步不少。他的诗写出来平淡无奇；而且提笔吟哦好久，依旧写不出一个字来；偶尔灵感来了，写出的诗却文句枯涩，内容平淡得一无可取。于是就有人传说，已经做了大官的江淹，有一次乘船停在了禅灵寺的河边，这次他在船上又做了一个梦。梦里可不再是文曲星下凡了，而是梦见了一个自称叫张景阳的人，对江淹说："江大人，以前你年轻的时候我借过你一匹锦缎，现在应该还给我了吧！"江淹在包袱里翻找了好久，找出了当年张景阳借给他的锦缎，可是已经被裁剪得只剩下一点点了。张景阳看了很生气，夺过那一段锦缎说道："怎么只剩下这么一点了呢！"说完气愤地离开了。江淹醒来之后，明白过来那并不是什么锦缎，而是他腹中的才华啊，如今只剩下一点点，还被梦中的人夺走了。因此，江淹的文章以后便不精彩了。因为江淹字文通，所以后来的人就流传着一个成语"文通残锦"，用来比喻人已经没有什么才华了。

当然，关于江淹晚年才华不再，还有一个更加著名的传说。有一次江淹在一个亭子里睡午觉，梦见一个自称郭璞的人，走到他的身边，对他说："文通兄，我有一支五色的神笔在你那儿已经很久了，现在应该可以还给我了吧！"江淹听了，知道是年轻的时候老神仙在梦里送给他的那支五色笔，于是他就顺手从怀里取出那支五色笔来还给了他。据说从此以后，江淹就文思枯竭，再也写不出什么好文章了。这一故事在《南史》《齐书》《梁书》中均有记载，于是中国成语中便有"江郎才尽"一说。事实上，大概是江淹由于生活环境改变，晚年已身居高位，俗务缠身，没有时间，也没有心情进行文学创作，这才是江淹晚年的作品远远不如以前的原因吧。

"江郎才尽"这个成语直到今天的我们还经常使用，从古至今也有很多关于作家文才枯竭、江郎才尽的小故事和传说，都能教会我们一些做人的道理。其中最有名的一个，莫过于"伤仲永"这个小故事啦。

在江西的金溪县，有一户姓方的人家，主人名叫方唯利。他家世代以耕田为生，祖上五代内没有一个识字的。不过他家的日子倒也过得去。方唯利有三个孩子。大儿子方耕田，现已18岁，长得五大三粗，是家中的壮劳力。他脑袋有些笨，不能独立干活，只能每天跟着父亲日出而作日落而归。老二是个女儿，名叫方槐花，15岁，在家跟母亲忙家务，做饭洗衣服，做针线，样样都会。小儿子5岁，长得眉清目秀，面皮白皙，异常机灵。特别是他的眼睛忽闪忽闪的特别有神，一看就和别的小孩子不一样。他的名字可不像他的哥哥姐姐那样俗气，是他父亲特地请隔壁村里的王秀才起的，叫方仲永。

这一天，一家人正在家里吃午饭，小仲永突然哭了起来。母亲问他："仲永，吃得好好的，你怎么哭了呢？"仲永一边哭泣一边喊："我要毛笔！我要毛笔！"一家人听了都很惊奇，父亲说："我家五代内没有一个识字的，哪里来的毛笔？再说你要毛笔干啥？你又不会写字。"仲永一听，又闹开了："我就要毛笔！我就要毛笔嘛！"父亲没有办法，只得到隔壁村子的王秀才家去借。

好一会儿，父亲借来了一支毛笔、一张纸，还有王秀才刚用过的墨汁。仲永见父亲借来了毛笔纸张，不再哭闹了。他拿起笔，即刻写下四句诗："父慈则子孝，兄宽则弟悌。谦虚与礼让，同族一家亲。"

这时，王秀才也过来了。他听说仲永要毛笔，也很奇怪，所以过来看个究竟。他拿过仲永写的诗，读了一遍，不由得伸出大拇指："写得好，写得好啊！"又对着仲永父亲说："你家仲永真乃神童也！你看这诗，不但内容好，而且很有文采，不错，不错！"

一家人听了都很高兴。没想到自己家里竟然出了一个神童。

这事很快就传遍了十里八乡。有一天，村子里有一个大户人家举办宴席请客，主人便请方仲永去席上助兴。席间有客人要仲永以"席子"为题作一首诗，仲永立刻就作出来了，而且非常流畅。满座宾客大惊，都高呼："神童啊！神童啊！"

渐渐地县里乡里凡有人家设宴请客，都请仲永吟诗助兴，甚至有人跑上门来，花钱请仲永作诗。

仲永的父亲看到这情形，心里想：我干吗一天到晚累死累活地种地呢？况且一年下来也弄不了几个钱。干脆我每天带着儿子去拜访那些有钱人，肯定能挣很多钱。想着想着，方唯利脸上露出了笑容。于是，方唯利每天拉着仲永去拜访那些有钱人，就是不让仲永去学堂读书。

七年后，仲永的才华已大不如前了。有人叫他写诗，

古人的作文有多精彩

他要思考大半天，而且写出的诗也缺少文采。

渐渐地，也就没人请仲永作诗了。方唯利一看，儿子挣不来钱，一家人的生计可成了问题。没办法，方唯利只得重操旧业。可是，家里的田地已经荒芜，满地是杂草，方唯利站在田边傻了眼。

又过了七年，仲永已经20岁了，可与同龄人比起来显得有些木讷，整天只知道傻笑。如果有人对他说："仲永，给我作首诗吧？"他只是摇头。

方仲永跟江淹一样，也到了文采枯竭的时候。然而，江淹是因为到了晚年工作繁忙失去了文学创作的兴致和时间，而方仲永纯粹是因为家人的唯利是图，打着"神童"的幌子四处赚钱，从而耽误了学习，使得原本一个非常聪明、有潜力的小孩错过了学习的关键时期，终于荒废了自己的一生，实在是令人唏嘘不已。同学们，少年时代是我们用功学习的最佳时段，我们应该抓住这个黄金时段努力学习、刻苦读书，不能像仲永的父亲一样总想着投机取巧，这样只会害了自己。

# 第十章

# 琼林玉树，笑傲风尘，"竹林七贤"的潇洒风度

## ——《世说新语》节选

告别了铺陈华丽的汉魏辞赋，这一章我们放松心情，来欣赏一些清新明快的笔记小说——《世说新语》。《世说新语》是刘义庆的作品，又名《世语》，内容主要是记录魏晋名士的逸闻轶事和玄言清谈，也可以说这是一部记录魏晋风流的故事集，是魏晋南北朝时期笔记小说的代表作，是我国最早的一部文言志人小说集。它原本有八卷，被遗失后只有三卷，其中关于魏晋名士的种种活动如清谈、品题，种种性格特征如栖逸、任诞、简傲，种种人生的追求，以及种种嗜好，都有生动的描写。

《世说新语》依内容可分为"德行""言语""政事""文学""方正"等三十六类（分上、中、下三卷），每类有若干则故事，全书共有1200多则，每则文字长短不一，有的数行，有的三言两语，这也是笔记小说的特点之一。《世说新语》中涉及各类人物共1500多个，魏晋两朝主要的人物，无论帝王、将相，或者隐士、僧侣，都包括在内。它对人物的描写有的重在形貌，有的重在才学，有的重在心理，但都集中到一点，就是重在表现人物的特点，通过独特的言谈举止写出了人物的独特性格，使之气韵生动、活灵活现、跃然纸上。这其中当属对"竹林七贤"的记载最为精彩。

《世说新语·任诞》中记载："陈留阮籍、谯国嵇康、河内山涛，三人年皆相比，康年少亚之。预此契者，沛国刘伶、陈留阮咸、河内向秀、琅邪王戎。七人常集于竹林之下，肆意酣畅，故世谓'竹林七贤'。"说起"竹林七贤"，在魏晋时期可谓赫赫有名，因其七人经常在一片竹林（位于今河南省焦作市云台山一带）里相聚，一同纵酒狂歌，作诗弹琴，故称"竹林七贤"。可能你不知道，"璞玉浑金""鹤立鸡群""卿卿我我""得意忘形"等很多成语都是来自于"竹林七贤"的奇闻逸事。本章就从《世说新语》中有关"竹林七贤"的记载切入，为你一一介绍这七位文学家的潇洒风度。

王戎目山巨源："如璞玉浑金，人皆钦其宝，莫知名其器。"

——《世说新语·赏誉》

故事先由"七贤"中的山涛说起。山涛，字巨源，年轻时就性格耿直，器量宽宏。当时司马氏和曹魏争夺政权，社会动荡不安，政治黑暗腐败。他不愿卷入官场，因而隐居，洁身自好，跟嵇康、阮籍、王戎等人意气相投，一起作"竹林之游"，共同研究老子、庄子的道家学说。"竹林七贤"之一的王戎盛赞他说："山涛就像未经琢磨的玉和未经冶炼的金一样。人们往往都欣赏玉和金光彩夺目的外表，而对未经琢磨的玉和未经冶炼的金，却不知道

古人的作文有多精彩

它们内在的高贵质地。"这就是成语"璞玉浑金"的由来。"璞玉浑金"的意思是说，未经雕琢的玉、未经冶炼的金子，天然美质，没有加以人工的修饰。

山涛直到40岁才出来做了郡的主簿、功曹，直至推举为孝廉。司马懿的妻子穆氏是他的表姑，因而司马师掌权时就让司隶推举他为秀才，任为郎中，不久又升任赵国相、尚书吏部郎。司马昭曾写信给他说："您任职公正清廉，情操高雅，超出世人。我想您必定手头困窘用度缺乏，现在派人送去钱二十万，谷二百斛。"司马昭做了大将军后，又委任山涛为大将军从事中郎。这时，山涛就举荐好友嵇康接替自己尚书吏部郎的职位。司马师死后，没有儿子，司马昭把次子司马攸过继过去。司马昭被封为晋王，要立太子，他问裴秀说："这事业是我哥哥所创，还没有成功他就去世了，我只不过是接过手来罢了。所以我想立攸做太子，把事业交还给哥哥，您看怎么样？"裴秀认为不妥。司马昭又问山涛，山涛回答说："废长立幼，违礼不祥。"意思是废掉长子立小儿子，是违反礼法不吉祥的，国家的危险常常就从这里孕育发生。司马昭这才决心立长子司马炎为太子。

司马炎受禅做了皇帝，就是晋武帝，任命山涛就任大鸿胪，封为新沓伯。后来，山涛出任冀州刺史兼宁远将军。晋武帝咸宁年间，山涛升任尚书仆射，兼侍中，主持吏部，掌管官员的提拔任命。每逢有一个官职出缺，他往往拟出几个人的名单，由晋武帝挑选任用。对于每个人的品行才干，他都一一出题考察，当时人称为"山公启事"。山涛一生清廉公正，受到百姓的广泛赞誉。

嵇康身长七尺八寸，风姿特秀。见者叹曰："萧萧肃肃，爽朗清举。"或云："肃肃如松下风，高而徐引。"山公曰："嵇叔夜之为人也，岩岩若孤松之独立；其醉也，傀俄若玉山之将崩。"

——《世说新语·容止》

嵇康，字叔夜，三国末期谯郡铚（今安徽省濉溪西南）人，当时著名的文学家、思想家和音乐家。他才华卓越，志向高远，刚直豪迈但不合群。嵇康长得身高七尺八寸，不喜欢修饰，风度姿态特别秀美。见到他的人都赞叹说："风度潇洒就像松树下的风，清高而舒缓绵长。"山涛称赞他说："嵇叔夜魁梧挺拔，就像独立的孤松；他的醉态，就像雄伟高大的玉山将要倒下来似的。""玉山自倒"这个成语由此而出，形容英俊潇洒的人喝醉酒的样子。

嵇康年轻时就勤奋好学，博览群书，史书上称他是少有奇才，博览群书，无师自通，学识渊博。他爱好音乐，演奏古琴的技巧非常高明，在当时是首屈一指的高手。嵇康的书法也很有名，造诣很高，"如抱琴半醉，酣歌高眠。又若众鸟翱翔，群乌乍散"。他的诗也可以称得上大家。嵇康酷爱老庄之道，蔑视世俗的礼法，淡泊名利，清心寡欲，豁达狂放，这种性格深深地影响了他的为人处世。王戎说，他和嵇康一起生活在山阳20年，从来没有看见过嵇康流露出欢喜或恼怒的神色。

嵇康与吕安善，每一相思，千里命驾。安后来，值康不在，喜出户延之，不入，题门上作"鳳"字而去。喜不觉，犹以为欣，故作。"鳳"字，凡鸟也。

——《世说新语·简傲》

嵇康和吕安关系很好，每次一想念对方，即使相隔千里，也立刻动身前去相会。后来有一次，吕安到来，正碰上嵇康不在家，他的哥哥嵇喜出门来邀请他进去，吕安不肯，只在门上题了个"鳳"字就走了。嵇喜没有醒悟过来，还因此感到高兴，以为吕安称赞他是人中龙凤。然而吕安写个"鳳"字，是因为它分开来就成了凡鸟，意思是说嵇喜只是一个平凡的没有什么优点的人，根本不能和嵇康相比。

嵇康是曹魏宗室的女婿，任过中散大夫。他常常为了能够忘掉世事，解除现实矛盾的缠绕而饮酒。嵇康不但饮酒，还写下了《酒会诗》，诗酒交融，让人感觉到酒中有诗，诗中有酒。嵇康饮酒非常有节制，从不过量。他说："酒色何物？今自不辜；歌以言之，酒色令人枯。"他因愤慨于司马氏篡政夺权，所以不再做官，寄情山水，弹琴咏诗。当山涛举荐他任尚书吏部郎时，他严词拒绝，并为此写了一封信跟山涛绝交，这就是文学史上有名的《与山巨源绝交书》。信中列举了"必不堪者"七条，条条针对司马氏愚弄百姓的陈腐而虚伪的礼教，语言十分尖锐犀利，充满讽刺；又举了"甚不可者"两条，进一步表达了对当时礼法的蔑视，那"非汤、武而薄周、孔"的措辞，尤其激烈大胆，充分表现了嵇康放任旷达、疾恶如仇的性格。如此一来，当然触怒了司马氏，再加上钟会的蓄意陷害，嵇康最终被司马昭下令杀害。

　　到了在洛阳东市受刑的那天，他神色不变，淡定自若。嵇康要来一把古琴，调好后，开始弹《广陵散》。霎时间，刑场上一片安静，琴曲昂扬激越，如怨如慕，如泣如诉，余音悠长，萦回低啭，此情此景，令人肝肠寸断！一曲奏完，嵇康说："当年袁孝尼曾经向我请求学习这首曲子，我吝惜守秘，不肯传给他。《广陵散》于今绝矣。"天籁之音，至此成为"绝响"。

山涛与嵇康父子有着不解之缘。山涛在做官任上时努力寻访搜罗贤能，从隐居被埋没的人士中选拔人才，经他推荐的30多人，都在当时出人头地，其中就有嵇康之子嵇绍。

　　嵇绍，字延祖，十岁那年父亲被害，他与母亲隐居读书，侍奉母亲殷勤周到。山涛深知其才，便这样向晋武帝推荐道："《书经·康诰》有这样的话：'父子有罪也不相牵连。'嵇绍的贤能比得上古人郤缺，应当加以任命，聘为秘书郎。"晋武帝对山涛说："按你说的，都可以做秘书丞了，哪能只做个郎官呢？"于是下诏书征召嵇绍，入朝为秘书丞。

　　有人语王戎曰："嵇延祖卓卓如野鹤之在鸡群。"答曰："君未见其父耳！"

——《世说新语·容止》

　　嵇绍刚入京城，就有人对王戎说："昨天在人群中头一次看见嵇绍，精神饱满，气度不凡，像野鹤站在鸡群中。"王戎说："那是你没有见过他父亲嵇康罢了！""鹤立鸡群"这个成语源出此处，比喻人的仪表才能超群出众。

　　嵇绍多次升官，被任为汝阳太守。尚书左仆射裴颜很是器重他，常常说："如果让嵇绍做吏部尚书，天下就不会有被遗弃没有受录用的人才了。"后来嵇绍因为不阿谀奉承贾后一党，被封为弋阳子，升任散骑常侍，再升为侍中。

不幸的是，"八王之乱"时，荡阴之战朝廷军队大败，百官和侍卫全部溃散，自顾逃命去了。只有嵇绍一人保护着晋惠帝，敌军冲过来，飞箭如雨，嵇绍奋不顾身遮挡着皇帝，被杀于晋惠帝身旁，满腔热血溅在了皇帝的衣裳上。待"八王之乱"平定后，手下人要洗这件龙袍，晋惠帝悲痛地说："这是嵇侍中的血，不要洗掉它。"嵇绍如此大义凛然，至今仍值得我们后人景仰。

> 王安丰妇常卿安丰。安丰曰："妇人卿婿，于礼为不敬，后勿复尔。"妇曰："亲卿爱卿，是以卿卿。我不卿卿，谁当卿卿？"遂恒听之。
>
> ——《世说新语·惑溺》

王戎，字浚冲，是魏晋时期"竹林七贤"中年龄最小的一位。小时候，他就聪慧异常，一次，和伙伴们玩耍时，看到路边一棵李树上结满果子，其他人争着去摘，唯独他不动声色地说："树栽道边而多子，必苦李也。"大家一尝，果然是苦的。

长大后的王戎才华出众，尤其善于清谈，每发评论，无不精辟独到，曾准确预测出钟会叛乱的失败。承袭父爵后，他先是在都城洛阳历任黄门侍郎、散骑常侍，后来又出任河东太守、荆州刺史等。晋武帝咸宁年间（公元275—279年），因为带兵平吴有功，他晋爵安丰县侯，于是，人们便称他为"王安丰"。后发生"八王之乱"，但王戎受影响不大，还做到了主管征发徒役、兼管田地耕作与其他劳役的司徒一职。

王戎性格复杂。他既喜欢与嵇康、阮籍、刘伶这些超凡脱俗、放浪形骸的名士交往，又极重孝道，世俗之心很盛；他既拒收贿赂，曾辞受父亲部下赠送的数百万钱，同时又极爱钱财，是中国历史上非常有名的一个吝啬鬼。

王戎的一个侄子结婚，作为伯父的他自然得做个人情。他思索了很久，仅送给侄子一件单衣，而且随后又跑去要了回来。对自己的女儿，王戎也十分抠门。女儿嫁给了裴家的公子，出嫁时从王戎这里借了几万钱。后来女儿只要一回娘家，王戎就拉着个脸，显出不高兴的样子。女儿赶紧将钱还上，王戎这才释然。王戎在家最爱干的一件事是：每当夜深人静时，就与妻子拿出钱财宝物和各种生意账目，在灯烛下反复看、反复算。

然而，吝啬鬼王戎却有一位非常敬爱他的妻子。古代时，"卿"字多用于君对臣、长辈对晚辈的称谓。王戎的妻子却经常用"卿"称呼王戎。起初王戎听了很不自在，提出意见说："女人用'卿'来称呼丈夫，按礼法来说是不恭敬的。以后可不要这样了。"他妻子回答说："亲昵你，疼爱你，因此用'卿'来称呼你。我不用'卿'来称呼你，谁有资格用'卿'来称呼你呢？"王戎听后一笑，就随她去了。这就是成语"卿卿我我"的由来。

阮籍遭母丧，在晋文王坐，进酒肉。司隶何曾亦在坐，曰："明公方以孝治天下，而阮籍以重丧，显于公坐饮酒食肉，宜流之海外，以正风教。"文王曰："嗣宗毁顿如此，君不能共忧之，何谓？且有疾而饮酒食肉，固丧礼也。"籍饮啖不辍，神色自若。

——《世说新语·任诞》

阮籍，字嗣宗，三国末期晋朝初年陈留郡尉氏县（今河南省尉氏县）人，著名的诗人和文学家。他傲世俗儒，放荡不羁。有时在家里读书，数日不出门；有时出外游山玩水，几天都不回家；有时独自驾着车子随意地走，不管路径，等到车子走到没路可走时，他就大哭一番往回走。《晋书·阮籍传》说他"当其得意，忽忘形骸（当他高兴到极点时，甚至忘记了自身的存在）"，可见他是一个多么随心所欲的人。阮籍在为母亲服丧期间，在晋文王的宴

古人的作文有多精彩

席上喝酒吃肉，司隶校尉何曾也在座，对晋文王说："您正在用孝道治理天下，可是阮籍身居重丧却公然在您的宴席上喝酒吃肉，应该把他流放到荒漠地方，以端正风俗教化。"文王说："嗣宗哀伤劳累到这个样子，您不能和我一道为他担忧，还说什么呢！再说身体不适而喝酒吃肉，这本来就合乎丧礼啊！"阮籍吃喝不停，神色自若。

其实阮籍不但有才华、有见识，而且也有过济世利民的抱负。但是魏晋之际，天下大乱，正直的人很少能保住身家性命，阮籍对此非常不满，因此不想参与政事，愤世嫉俗，装痴扮呆。曹爽做魏国辅政大臣时，召他做参军，他借口有病推辞不就职，躲在乡里。一年多后，曹爽一伙被诛杀灭族，当时的人都佩服他有远见。司马懿和司马师掌权时，都任命他做从事中郎。曹髦做皇帝时，封他为关内侯，升散骑常侍。他听说步兵营厨子善于酿酒，并储存有酒三百斛，就设法求得做了步兵校尉，只为能天天喝个够。司马昭曾经想为儿子司马炎（即晋武帝）向阮籍求亲，阮籍喝得烂醉如泥，一连60天。司马昭谈不上话，只好作罢。钟会曾多次拿时事问阮籍，想从他的回话中挑出毛病来陷害他，而他都因为喝得大醉而幸免。

有一次，在司马昭的大将军府中，听见有关官员报告说，有个做儿子的杀了母亲。阮籍感叹说："嘻！杀父亲还可以，竟然杀母亲！"满座的人都怪他失言。司马昭说："杀父亲，在天下是罪大恶极的事，你怎么认为可以呢？"阮籍说："禽兽只知谁是母亲却不知父亲。杀父亲，属于禽兽一类。杀母亲，连禽兽也不如了。"众人叹服。这也是成语"禽兽不如"的由来。

阮籍爱作"青白眼"。"青眼"就是黑眼，两眼正视，眼睛黑的多就是"青眼"；两眼斜视，眼睛白的多就是"白眼"。阮籍对讲究礼法的庸俗的人很鄙视，常常用白眼去对待。阮籍母亲去世，嵇喜去吊丧，阮籍给予"白眼"，嵇喜很不高兴地走了。随后嵇喜的弟弟嵇康带着酒、挟着琴去探问，阮籍很高兴，就"青眼"对待。后来，这个故事就成了一个典故，表示感谢人家的赏识，叫"垂青"或"青睐"；被人瞧不起，叫"遭人白眼"。

嵇中散既被诛，向子期举郡计入洛。文王引进，问曰："闻君有箕山之志，何以在此？"对曰："巢、许狷介之士，不足多慕！"王大咨嗟。

——《世说新语·言语》

向秀，字子期，是嵇康的挚友，嵇康在山阳打铁时，他欣然去帮他拉风箱。曹魏后期，司马氏集团加紧了篡夺的步伐，残酷地杀戮不向他们俯首称臣的士人。这时摆在士人面前的道路唯有两条：或者归附，或者杀头。嵇康被杀以后，向秀不得不应举郡中计吏到京城洛阳，完全是迫于司马氏的政治压力。向秀虽然讨厌司马昭的阴险伪善，但他更害怕自己掉脑袋，所以只好去洛阳臣服于司马昭。想不到司马昭不给他一点面子，一见面就挑衅似地问他说："闻君有箕山之志，何以在此？""箕山之志"即隐居遁世的志向。据说上古唐尧时的隐士许由，一直住在"颍水之阳，箕山之下"。司马昭的意思是：你既然有归隐山林，不与世俗同流合污的高洁志向，干吗跑到京城这个争权夺利的是非之地来呢？司马昭何曾不知道向秀是被逼来的，他这一问又逼着软弱的向秀说违心话。向秀回答说："巢父、许由这些隐士都是狂傲清高之人，不值得有多羡慕。"

　　向秀在赴洛阳途中，为了悼念自己被杀的挚友嵇康和吕安，写下了一篇《思旧赋》，表达了自己对被害友人嵇康、吕安深沉的悼念，并赞美"嵇志远而疏，吕心旷而放"的可贵品质。然而，转眼他又不得不在杀害嵇康的刽子手面前曲意逢迎。司马昭死后，向秀仍继续做他的官，只是他仅挂个做官的空名，终生都承受着难以想象的屈辱和煎熬。


　　刘伶病酒，渴甚，从妇求酒。妇捐酒毁器，涕泣谏曰："君饮太过，非摄生之道，必宜断之！"伶曰："甚善。我不能自禁，唯当祝鬼神，自誓断之耳。便可具酒肉。"妇曰："敬闻命。"供酒肉于神前，请伶祝誓。伶跪而祝曰："天生刘伶，以酒为名，一饮一斛，五斗解醒。妇人之言，慎不可听！"便引酒进肉，隗然已醉矣。

——《世说新语·任诞》

刘伶，字伯伦，擅长喝酒和品酒。他反对司马氏的黑暗统治和虚伪礼教，为避免政治迫害，遂嗜酒佯狂，任性放浪。

有一次，他的酒病又发作得很厉害，要求妻子拿酒，他的妻子哭着把剩余的酒洒在地上，又摔破了酒瓶，涕泗纵横地劝他说："你酒喝得太多了，这不是养生之道，请你一定要戒了吧！"刘伶回答说："好呀！可是靠我自己的力量是没法戒酒的，必须在神明前发誓，才能戒得掉，烦你准备酒肉祭神吧。"他的妻子信以为真，听从了他的吩咐。于是刘伶把酒肉供在神桌前，跪下来祝告说："天生刘伶，以酒为名；一饮一斛，五斗解醒。妇人之言，慎不可听。"说完，取过酒肉，结果又喝得大醉了。

在任建威参军期间，有一次刘伶忽然来了兴致，竟然在官邸脱光了衣服一丝不挂地饮酒。有几个客人来访，他也不赶紧把衣服穿上，还继续光着身子喝。客人见他如此不雅，就讥笑他。他却一本正经地反驳说："天地就是我的房子，房子就是我的衣裤，你们进我的房子就是钻到我裤裆里来了，谁让你们钻进来的？"刘伶就是如此嗜酒如命，放浪形骸，他受逼于黑暗的政治和污浊的社会，依靠醉酒来逃避政治的迫害和杀戮，最后酗酒而终。

诸阮皆能饮酒，仲容至宗人间共集，不复用常杯斟酌，以大瓮盛酒，围坐，相向大酌。时有群猪来饮，直接去上，便共饮之。

——《世说新语·任诞》

阮咸，字仲容，陈留尉氏人，阮籍的侄子。阮咸从小就很聪明，曾与叔父阮籍一同饮酒宴游。山涛称赞他是"清真寡欲，万物不能移也"。

阮咸也是一个放荡不羁的人。有一次，他请族人喝酒，魏晋时代的人们，一般是在地上铺一张席，跪坐在席上喝酒吃饭。但他不耐烦用小杯小碗斟来斟去的，于是让大家围在酒缸旁随便喝，有的随便用容器，有的直接用手掬起便喝。

有位族人把头伸进酒缸里喝个痛快，其他人跟着效仿，脸上、头发上，全沾满了酒，酒缸中也沾了不少人的污垢、头发、汗水，大伙也不以为忤，喝喝笑笑，手舞足蹈，快乐似神仙。此时有一群猪也来寻酒喝，阮咸便跟在猪群的后面一起喝酒，成为当时的笑谈。

阮咸还是一位出色的音乐家，他善弹琵琶，精通音律。据说阮咸改造了从龟兹传入的琵琶，后人就把这种乐器称为"阮咸"，简称"阮"。直到今天，我们的传统民族乐器之中，还有"阮"这种乐器呢。以人名来给乐器命名，从古至今只有阮咸一个人。

"竹林七贤"是中国古代隐士的代表人物，他们在竹林之中放歌纵酒、吟诗作赋，其放浪不羁的潇洒风度一直被后世传颂。

# 第十一章

# 唐朝大诗人笔下的讽刺小寓言

—— 《三戒》（《临江之麋》《黔之驴》和《永某氏之鼠》）

千山鸟飞绝，万径人踪灭。

孤舟蓑笠翁，独钓寒江雪。

这首诗想必你一定耳熟能详，它的作者就是我国唐代著名的大诗人柳宗元。柳宗元不但诗歌写得好，还是一个大文豪。他一生历经坎坷贬谪，在贬谪的途中写下了很多著名的文章，其中最有趣的就是他的动物小寓言了。本章为大家介绍柳宗元的三则小寓言。

柳宗元，字子厚，唐宋八大家之一，唐代文学家、哲学家、散文家和思想家。柳宗元与韩愈并称为"韩柳"，与刘禹锡并称"刘柳"，与王维、孟浩然、韦应物并称"王孟韦柳"。

柳宗元是河东（今山西省运城市）人，所以人们也称他"柳河东"。他从小就非常聪明，能写一手好文章。13岁的时候，他写过一篇文章呈给唐德宗，唐德宗看了非常欣赏，大家都传着看，认为了不起。他在21岁的时候考上进士，在京城做官。后来因为支持王叔文的改革，王叔文倒了台，柳宗元受了牵连，跟刘禹锡一样发配到边远地方去当刺史。

公元805年，柳宗元到永州当刺史，心情一直不好。怎样才能使心情舒畅一些呢？他在完成公务后，到附近的山野去游玩。有一次，他来到冉溪，发现此处景色宜人。

他非常喜欢，就在那里安了家。但是，给这个地方取个什么名字呢？他想来想去，还是取了个"愚"字：溪称为愚溪，丘称为愚丘，泉称为愚泉，沟称为愚沟。他觉得自己是因为"愚"而被贬官的，所以便用这个"愚"来命名。

柳宗元还游玩了小石潭，听到流水的声音，就像身上佩带的玉环碰撞发出的叮当响声，真叫人高兴啊！他看到潭中的小鱼，大约有一百条，好像在空中游动，阳光照着，鱼的影子落在石上，一动也不动。有时突然游得好远，就好像跟柳宗元逗着乐似的。

但是，柳宗元毕竟心里关切着百姓，常常到民间去考察百姓的生活。永州出产一种很毒的蛇，把它风干制成药，可以医治许多疾病。他特地访问了一个姓蒋的以捕蛇为业的农民。那个姓蒋的农民说："我的祖父因为捕毒蛇，稍不小心被毒死了，我的父亲也是这样死的，我捕毒蛇已经有12年了，也有好多次差一点死去……"

他说着说着，脸色变得悲哀起来。柳宗元看他痛苦的样子，非常同情，就说："你既然怨恨捕蛇，那么我去跟当官的说一说，更换这个捕蛇差役，恢复原来的赋税，怎么样？"

不料那个姓蒋的农民慌忙摇着手，更加悲伤了，他说："您千万别这样！我虽然苦，但是比我的邻居要好多了。我只要捕到蛇，还能太太平平过日子。我的邻居们天天都有死亡的危险啊！我就算因为捕毒蛇死了，也要比我的邻居们死得晚一些……"

柳宗元听了触动很大，写了一篇名为《捕蛇者说》的文章。他由衷地说："官府的赋税对人民的毒害原来比毒蛇还厉害啊！"

柳宗元在永州度过了十年时光。公元815年，柳宗元又回到长安。他当时还想为朝廷做点事，可是他怎么也看不惯那些官僚只顾升官发财、拍马奉承的坏风气。不久又被排挤，贬到更远的柳州。

柳宗元的《江雪》就是他在柳州时创作的，这背后还流传着一个有趣的故事。他被贬柳州后，整天郁郁寡欢，终日闭门谢客，以饮酒吟诗打发时光。闲时，就教小书童柳植写字作诗。柳植这孩子聪明伶俐，一学就会，经柳宗元悉心教导，不但能吟诗作对，而且写得一手好字，特别是能把主人的笔迹模仿得惟妙惟肖，因此，深得柳宗元的喜爱。

那年冬天，柳州居然下了一场大雪，整个柳州成了一个银妆玉砌的世界。知府邀请柳州的文人墨客在鱼峰山上的"望江亭"喝酒赏雪。席间，知府大人要来客每人作一首赏雪诗助兴，并规定最后一个字必须是个"雪"字。那帮文人写的尽是些俗不可耐的吹捧之诗，柳宗元内心感到非常腻烦。他独自不动声色地大喝，告诫自己绝不能随波逐流。轮到他写时，他已酩酊大醉。他迷迷糊糊地走到桌前，信手写了"千山孤独"四个大字。写完后，就摇摇晃晃趴在桌上睡着了。

知府大人见只写了这么四个字，心里十分不满，卷起宣纸，便打道回府。小书童柳植见状，知道不妙，主人得罪了知府大人，这四个字也许会成为整治主人的罪证。他急忙追上去，在半山腰拦住轿子道："启禀老爷，我家主人酒醒了，深怀歉意，命小的来取那没写完的诗稿，让他继续写完。"知府没好气地说："叫他快点，我在这儿等他。"

柳植拿了只有"千山孤独"四个字的诗稿，回到望江亭，但主人还趴在桌上沉睡不醒，任凭柳植千呼万唤，又拖又拽，都没法把他弄醒。柳植见知府还在半山腰等着，急得他望着茫茫白雪大哭起来。这时，在柳江江边，恰有一叶小渔船，停泊在浩渺的江天之中，一位老渔翁，披着蓑衣独自一人在那里垂钓。柳植触景生情，诗兴勃发，拿起笔，勇敢地在"千山孤独"四个字下面，挥毫添上诗句，就成了一首咏雪诗，最后一个字正是"雪"字，符合知府大人的要求。柳植欢天喜地地写上了诗名《江雪》，兴冲冲地向山腰跑去。知府看着那潇洒飘逸的笔迹，以为是柳宗元之作，高兴地走了。

直到傍晚，柳宗元才酒醒过来，柳植便把自己如何写诗搪塞知府的事告诉了他，并将诗句朗诵给他听。柳宗元听了赞赏道："柳植，你写得不错啊！这是一幅绝妙的寒江独钓图！"从此，这首《江雪》诗成为我国诗坛的千古绝唱。

在柳州做官的时候，柳宗元已经养成了习惯，常常到民间走走，了解一些情况，为老百姓做一些好事。一次，他看到几个凶横的家伙抓住一个中年男子，这个中年男子的妻子和儿女在悲惨地哭哭闹闹。一打听，原来这个中年男子欠了债，到期还不上，债主就把他抓去当奴隶。柳宗元实在看不过去，就下令全带到官府去。经过审问，柳宗元才知道这是柳州的一种陋习，有许多奴隶和奴婢就是这样失去自由的。柳宗元非常心痛，他决心要改变这种情况。他下令，所有的奴隶或奴婢一律可以由亲人或朋友按原来所借的债还清赎回；要是因为贫困一时没有能力赎回，可以为债主打工，等工钱和债务相当的时候，就应该解除债务关系。柳州的贫苦人民听到这个消息，都高兴得奔走相告。

可是不久柳宗元就发现没有解决根本问题，因为有些奴隶或奴婢已经失去劳动能力，他们没有办法打工，又怎么能赎回自己呢？看到这种情况，柳宗元心里非常悲痛。他拿出自己的俸禄，送到债主家里，把赎回的奴隶和奴婢送回他们的家中。柳宗元在柳州废除了人身典押的陋习，对附近的州县也产生了深远的影响。柳宗元还引导人民发展生产、兴办学校。柳州人民怎么能不爱戴他呢！人们都亲切地称他"柳柳州"。

柳宗元对当时社会的腐败有了更深刻的认识。他除了写游记外，还采用寓言的形式写了不少作品进行讽刺。柳宗元继承并发展了《庄子》《韩非子》《吕氏春秋》《列子》《战国策》传统，作品多用来讽刺、抨击当时社会的丑恶现象。推陈出新，创意奇特，善用各种动物拟人化的艺术形象寄寓哲理或表达政见。嬉笑怒骂，因物肖形，表现了高度的幽默讽刺艺术。他的寓言，有的讽刺贪官污吏，有的讽刺剥削人民的封建地主，生动有趣，大家都很爱看，流传很广。

《三戒》就是柳宗元寓言故事的代表作，分别为：《临江之麋》《黔之驴》《永某氏之鼠》。题目出自《论语·季氏》的"君子有三戒"，寓有警戒之意。戒，既劝诫自己，也劝诫别人。由此，我们应对其寓意予以分析、评价，之后，我们方能听其告诫，以防步人后尘。结合柳宗元的生平，读其《三戒》，我们便能品味出：麋之可怜，驴之可悲，永鼠之可憎。那么就让我们一起来读一读吧！

吾恒恶世之人，不知推己之本，而乘物以逞，或依势以干非其类，出技以怒强，窃时以肆暴，然卒迨（dài）于祸。有客谈麋、驴、鼠三物，似其事，作《三戒》。

上文意思是：我常常厌恶世上的有些人，不知道考虑自己的实际能力，而只是凭借外力来逞强；或者依仗势力和自己不同的人打交道，使出伎俩来激怒比他强的对象，趁机胡作非为，但最后却招致了灾祸。有位客人同我谈起麋、驴、鼠三种动物的结局，我觉得与那些人的情形差不多，于是就作了这篇《三戒》。

## 临 江 之 麋

临江之人畋（tián），得麋麑（mí ní），畜之。入门，群犬垂涎，扬尾皆来。其人怒，怛（dá）之。自是日抱就犬，习示之，使勿动，稍使与之戏。积久，犬皆如人意。麋麑稍大，忘己之麋也，以为犬良我友，抵触偃仆，益狎。犬畏主人，与之俯仰甚善，然时啖（dàn）其舌。

三年，麋出门，见外犬在道甚众，走欲与为戏。外犬见而喜且怒，共杀食之，狼藉道上，麋至死不悟。

上文意思是：

临江有个人出去打猎，得到一只幼麋（麋是一种很像鹿的动物），就捉回家把它饲养起来。刚踏进家门，群狗

一见，嘴边都流出了口水，摇着尾巴，纷纷聚拢过来。猎
人大怒，把群狗吓退。从此猎人每天抱了幼麋与狗接近，
让狗看习惯了，不去伤害幼麋，并逐渐使狗和幼麋一起玩
游戏。经过了好长一段时间，狗都能听从人的意旨了。幼
麋稍微长大后，却忘记了自己是麋类，以为狗是它真正的
伙伴，开始和狗嬉戏，显得十分亲昵。狗因为害怕主人，
也就很驯顺地和幼麋玩耍，可是又不时舔着自己的舌头，
露出馋相。

这样过了三年，一次麋独自出门，见路上有许多不相
识的狗，就跑过去与它们一起嬉戏。这些狗一见麋，又高
兴又恼怒，共同把它吃了，骨头撒了一路。但麋至死都没
有觉悟到这是怎么回事。

读完这个故事，想必你也能体会到柳宗元对当时那
些封建统治者和他们的爪牙是多么痛恨了吧。这个寓言故
事就是借讲述麋的至死不悟对他们进行深刻的揭露和辛辣
的讽刺。就像麋一样，那些趋炎附势而得意忘形的小人，
只是一群认敌为友的毫无自知之明的可怜人罢了，这些人
是必然会灭亡的。他们和文中的麋一样，在养尊处优的环
境里扬扬自得，忘记了自己的本性，以至于分不清谁是敌
人，谁是朋友，结果到死都没有明白原因，这是多么可怜
又可悲啊！而且，这则寓言故事的细节描写和心理描写非
常细致逼真，如"外犬见而喜且怒"一句，用拟人的手

法，使狗儿产生了人才会有的喜怒感情，是不是令你印象非常深刻呢？

## 黔 之 驴

黔无驴，有好事者船载以入。至则无可用，放之山下。虎见之，庞然大物也，以为神。蔽林间窥之，稍出近之，慭（yìn）慭然，莫相知。

他日，驴一鸣，虎大骇，远遁，以为且噬己也，甚恐。然往来视之，觉无异能者。益习其声，又近出前后，终不敢搏。稍近，益狎，荡倚冲冒，驴不胜怒，蹄之。虎因喜，计之曰："技止此耳！"因跳踉（liáng）大㘎（hǎn），断其喉，尽其肉，乃去。

噫！形之庞也类有德，声之宏也类有能，向不出其技，虎虽猛，疑畏，卒不敢取；今若是焉，悲夫！

黔中道是一个地名，那里本来没有驴子，喜欢揽事的人就用船把它运了进去。运到以后，发现驴子没有什么用处，就把它放到山下。老虎看到驴子那巨大的身躯，以为是神怪出现，就躲到树林间暗中偷看，一会儿又稍稍走近观察，战战兢兢，但最终还是识不透驴子是什么东西。

一天，驴子大叫一声，把老虎吓得逃得远远的，以为驴子要咬自己，极为恐惧。然而来回观察驴子的样子，觉得它并没有什么特别的本领。后来老虎更听惯了驴子的叫声，再走近驴子，在它周围徘徊，但最终还是不敢上前。又稍稍走近驴子，越发轻侮地开始冲撞冒犯，驴子忍不住大怒，就用蹄来踢。老虎见了大喜，心中计算道："本领不过如此罢了。"于是老虎腾跃怒吼起来，上去咬断了驴子的喉管，吃尽了驴子的肉，然后离去。

唉！驴子形体庞大，好像很有法道，声音洪亮，好像很有本领，假使不暴露出自己的弱点，那么老虎虽然凶猛，可是由于多疑、畏惧，最终也不敢先下手为强，如今出现这种结局，难道不可悲吗？

这篇寓言的题目叫"黔之驴"，然而通篇写驴的笔墨却很少，只有"庞然大物""一鸣""不胜怒，蹄之"等十多个字；相反，写虎的笔墨却非常之多，从开始的畏驴，到中间的察驴，再到最后的吃驴都写了。既有不断发展的行动的生动描写，更有不断变化的心理的细致刻画。那么，既然重点写虎，为什么不命题叫"黔之虎"呢？这是因为《黔之驴》就是以黔驴的可悲下场，警戒那些"不知推己之本"、毫无自知之明而必将自招祸患的人。

这一篇小寓言旨在讽刺那些无能而又肆意逞志的人。联系作者的政治遭遇，又可知本文所讽刺的是当时统治集团中官高位显、仗势欺人而无才无德、外强中干、虚有其表的某些上层人物。我们也可以不从驴被虎吃掉的角度，而从虎吃掉驴这一相反的角度来理解本文的寓意：貌似强大的东西并不可怕，只要敢于斗争、善于斗争，就一定能够战胜它！

## 永某氏之鼠

永有某氏者，畏日，拘忌异甚。以为己生岁直子；鼠，子神也，因爱鼠，不畜猫犬，禁僮勿击鼠。仓廪（lǐn）庖厨，悉以恣鼠，不问。

由是鼠相告，皆来某氏，饱食而无祸。某氏室无完器，椸（yí）无完衣，饮食大率鼠之余也。昼累累与人兼行，夜则窃啮斗暴，其声万状，不可以寝，终不厌。

数岁，某氏徙居他州。后人来居，鼠为态如故。其人曰："是阴类恶物也，盗暴尤甚。且何以至是乎哉？"假五六猫，阖门，撤瓦，灌穴，购僮罗捕之。杀鼠如丘，弃之隐处，臭数月乃已。

呜呼！彼以其饱食无祸为可恒也哉！

永州有某人，怕犯日忌，拘执禁忌特别过分。认为自己出生的年份正当子年，而老鼠又是子年的生肖，因此爱护老鼠，家中不养猫狗，也不准仆人伤害它们。他家的粮仓和厨房，都任凭老鼠横行，从不过问。

因此老鼠就相互转告，都跑到他的家里，既能吃饱

古人的作文有多精彩

肚子，又很安全。他的家中没有一件完好无损的器物，笼筐箱架中没有一件完整的衣服，他们吃的大都是老鼠吃剩下的东西。白天老鼠成群结队地与人同行，夜里则偷咬东西，争斗打闹，各种各样的叫声，吵得人无法睡觉。但某人始终不觉得老鼠讨厌。

过了几年，这家人搬到了别的地方。后面的人住进来后，老鼠的猖獗仍和过去一样。那人就说："老鼠是在阴暗角落活动的可恶动物，这里的老鼠偷咬吵闹特别厉害，为什么会达到这样严重的程度呢？"于是借来了五六只猫，关上屋门，翻开瓦片，用水灌洞，奖励仆人四面围捕。捕杀到的老鼠，堆得像座小山，都丢弃在隐蔽无人的地方，臭气散发了数月才停止。

唉！那些老鼠以为吃得饱饱的而又没有灾祸，那是可以长久的吗？

《永某氏之鼠》成功塑造了典型环境中的典型"人物"——鼠辈。在正常的生活环境中，没有哪一个人为"忌日"而豢养老鼠；但在正常的生活环境中，有太多的有权有势的人，出于种种缘故，宠爱、任用一些无能无德的"鼠辈"为官，致使鼠辈的势力越来越大，可谓"小人得志"。

这个小故事里的永某氏是一个非常昏庸的人。他分不清谁是敌谁是友，远君子，亲小人。在他看来，老鼠的行为都是正常的，他为老鼠提供了很好的环境，甚至让老鼠有了地位，有了特权。于是，这群老鼠就开始肆意妄为，横行霸道，唯利是图，巧取豪夺，多么像一群祸国殃民的贪官污吏呀！这个小故事一针见血地指出了统治者的腐败无能，十分具有讽刺意味。

# 唐传奇中鲜明独特的女性

## ——《李娃传》与《霍小玉传》

前面我们一同了解了魏晋时期记载人事的小说《世说新语》，而小说这种文体发展到了唐代，则产生了巨大的变化。唐代的小说既有记载神灵鬼怪的，也大量记载人间的各种世态；既有刻画上层人物的，也描写下层百姓，题材非常丰富，生活气息也更加浓厚。这些小说有一个特别的名字，叫作"唐传奇"。

　　唐朝时期，社会比较安定，农业和工商业都得到发展，长安、洛阳、扬州、成都等一些大城市，人口众多，经济繁荣。为了适应广大市民文化生活的需要，开始出现了类似评书相声的表演，说书人在城市里给市民们讲故事，受到人们的喜爱。这种表演艺术的盛行，促进了唐传奇的发展。

　　唐传奇中有一类非常重要的题材，就是讲述人间曲折动人的爱情故事，并从这些故事里教会人们一些深刻的道理。本章就为大家介绍两篇著名的爱情故事：《李娃传》与《霍小玉传》。这两篇传奇，人物性格鲜明突出，情节曲折动人，波澜起伏，文笔细腻生动，与《南柯太守传》《柳毅传》《虬髯客传》等作品，共同标志着唐传奇艺术的高峰。它们塑造了李娃和霍小玉这两位敢爱敢恨、性格鲜明的女性形象，虽然她们身份低微，但却勇敢又真诚地追求幸福。下面就让我们分别来认识她们吧。

　　《李娃传》又称《汧国夫人传》，是唐传奇代表作品

古人的作文有多精彩

之一，作者白行简。白行简是唐代文学家，也是唐代著名大诗人白居易的弟弟。

白居易家弟兄四人，其中白居易与三弟白行简年纪相当，一母同胞，感情深厚。白居易诗文俱佳，文学才能全面，而其作品中却没有小说作品。白行简小说《李娃传》是唐代小说中的名篇，兄弟两人的擅长正好互补，而且兄弟两人都是以文才出众而被选为官员。你可能会好奇：白家究竟有什么家风，能够教育出两位名垂青史的大文学家呢？这跟父亲对他们的教导分不开。

白居易和白行简的父亲名叫白季庚，父亲通过给儿子起名起字，教育儿子做人的道理。白季庚给两个儿子起名"居易""行简"，是想告诫两个儿子：（居易）住房不必豪宅大厦，（行简）出门不必高车驷马，居也好，行也罢，要平易简朴，摒弃奢华。不仅给两个孩子在生活上提出了"居易""行简"的要求，而且白季庚也教导两个孩子怎样才能够在生活上实现和保持居易、行简的渠道与方法：乐天随缘就不会过多强调住房条件，居住条件再差也能"居易"，所以白季庚给白居易起了个字"乐天"；知退守拙就不会过多强调出行条件，经济条件再好也要"行简"，所以白季庚给白行简起了个字"知退"。这段教育影响了兄弟两人的一生。

在白居易被贬为江州司马时，白行简与白居易在江州相聚。当白居易被任命为忠州刺史时，白行简也一同与兄长溯江而上。途中，白行简、白居易和元稹三人在夷陵黄牛峡相会，同游长江西陵峡三游洞，吟诗作赋，被称为"三游洞摩崖"。现在的宜昌市三游洞内还留有白行简、白居易和元稹三个文学家的石像呢。

白行简文笔优美，著有《李娃传》《三梦记》等唐传奇，《李娃传》后来还被弗兰兹·库恩翻译成德文版本，流传到西方。历史上记载，白行简的文笔有哥哥白居易的风采，文采精密，当时很多文人都模仿他的文章。他有文集20卷，可惜都已散佚了。他的唐传奇《李娃传》因著录于《太平广记》而得以流传至今。

《李娃传》描写的是荥阳公子郑生到长安应试，在平安里与名妓李娃一见倾心，后来资财耗尽，被老鸨设计逐出。他辗转流落到办丧事的殡仪铺子，靠在葬礼上唱挽歌挣钱度日。在天门街的挽歌比赛中，郑生以声情并茂的动人表演为其所在的东肆打败了西肆，却被他进京的父亲认出。其父以他玷辱门庭为由，"去其衣服，以马鞭鞭之数百"，与他断绝父子关系，弃之而去。经凶肆同辈搭救，郑生保住了性命，却沦为乞丐。在一个大雪之夜，郑生行乞到安邑东门，被李娃认出。在李娃的照顾下，郑生恢复了健康，并且科举连中，登第为官，与李娃结为夫妇。李娃被封为汧国夫人，郑生也与其父和好如初。

这篇唐传奇刻画了很多精彩生动的人物形象，其中当属女主人公李娃最具特色。她是一个勇敢的女子，与心上人郑生一见钟情的时候，情郎徘徊不去，而她也勇敢地回眸，深情凝望着心上人，传达了自己的一片真心。到了第二次郑生来找她的时候，正值夜幕降临，老鸨催促郑生赶紧离开，但李娃却大胆留心上人住下。同时李娃也是一位非常深情、专一的女子，在一年后郑生花光盘缠，势利眼的老鸨已经不接待郑生了，而李娃还是一心一意地对他好。李娃还是一位善良、冷静又果断的女子，当她意识到自己和郑生的爱情不可能有好结果的时候，为了不耽误郑生的前程，狠下心来把心上人赶走。但当她看到郑生沦为乞丐时，又毅然赎身，与老鸨一刀两断，全心全意照顾郑生，帮他买书温习功课，协助他通过一场又一场考试。

传奇中的郑生形象，同样是一个对爱情有着自己执着追求的人。初次见到李娃，一见倾心。为了李娃，耗尽资财也在所不惜。当找不到李娃时，郑生多次寻找，几次欲绝食而死。最终，经历了打工凶肆、被父亲鞭打、流落街头，再见到李娃时，并没有怨恨李娃，而是接受了李娃的帮助。

当郑生功成名就，李娃提出离开时，他更是痛哭流涕，宁愿一死，从中可以看出郑生的痴情。

《李娃传》也具有相当高的艺术成就。它的故事情

第十二章 唐传奇中鲜明独特的女性——《李娃传》与《霍小玉传》

节比以往任何小说都要复杂，波澜曲折，充满戏剧性的变化，非常吸引人；李娃的性格也比以前的文学作品中的主人公性格显得更加丰富。她作为一个风尘女子，在郑生钱财花尽时，镇定自如地在一场骗局中抛弃了他，但当她目睹郑生陷入极度悲惨的境地时，被妓女生涯所掩盖了的善良天性又立即显露出来，机智果断地对自己和郑生将来的生活做出安排，这样复杂的性格特征十分真实动人。

《李娃传》故事情节波澜起伏，引人入胜。一对出身截然不同的男女青年，经历百般磨难，终于赢得爱情幸福，这样圆满的故事受到了当时市民的广泛欢迎。小说塑造了李娃这样一个社会地位低下，但精神境界崇高、感情真挚善良的女性，对门第自高的荥阳公作了尖锐的嘲讽，具有强烈的反对封建门阀制度的现实意义。直到今天，李娃的形象仍然活跃在戏曲舞台上。

《霍小玉传》也是唐代最具代表性的传奇小说之一，与《李娃传》的大团圆结局不同，《霍小玉传》是一出爱情悲剧，代表了唐传奇发展的又一高峰。作者蒋防，字子微。他年少时聪慧好学，青年时声名远播。他的父亲有位朋友想试试他的才华，以"秋河"为题要他作赋。他思索片刻，提起笔来就洋洋洒洒写成一篇美文，他的父亲和亲友看了之后纷纷啧啧称赞。赋中"连云梯以回立，跨星河而径度"成为一时传诵的名句。

《霍小玉传》讲述了这样一个故事：霍小玉原来出身于贵族世家，父亲是唐玄宗时代的武将霍王爷，不幸在"安史之乱"中战死，小玉的母亲郑净持带着尚在襁褓中的霍小玉流落民间，开始了贫民生活。霍小玉16岁时，继承了母亲的资质，长得容貌秀艳，明丽可人，加上母亲的悉心教诲，她不但能歌善舞，而且精通诗文。然而，母女两人生活贫苦艰难，霍小玉为了照顾年迈的母亲，不得不做歌伎待客赚钱。为了女儿的前途，母亲要求霍小玉只唱歌跳舞，保住女儿的贞洁，是为了有朝一日能遇到心爱的人嫁为人妻，获取终生的幸福。

　　在京城里，有一个文才出众的书生名叫李益。他祖籍陇西，曾游遍那里的汉唐古战场，写下了许多感怀战争的诗篇。霍小玉也是因战乱而经受离丧之苦的人，对李益的诗篇分外感动。两人情投意合，许下了"海枯石烂不变心"的盟誓。李益索性住在霍小玉家中，每日里两人同吃同住，同出同入，像夫妻一样。就这样过了大约快一年的时间，李益升官成为郑县主簿，须先回家乡洛阳探亲然后上任。他打算安排好一切以后，再接霍小玉到郑县完婚。临走前李益发誓："明春三月，迎取佳人，郑县团聚，永不分离。"

　　李益衣锦还乡，父母非常高兴，风光一番之后，为他订下了一门亲事，女方是官宦人家的女儿。李益不得已说出了霍小玉的事情，但其父母坚决反对娶一个歌伎入门。李益思虑再三也觉得娶官宦人家的女儿对自己的仕途会有帮助，于是热热闹闹地办了婚事。

此时的霍小玉还在眼巴巴地盼望李益回来接她，一年过去了，仍是杳无音信。霍小玉知道李益辜负了她，悲恨交加，一病不起。李益负心之事渐渐传开，全长安都知道了，许多人为霍小玉愤愤不平。没多久，李益进京办事。一个黄衫侠客把李益硬是架到了霍小玉家门口。看到因绝望而面黄肌瘦、神情恍惚的霍小玉，李益羞愧难当。霍小玉挣扎着站起来，面对负心的人，敢爱敢恨的霍小玉发下誓愿：

> 我为女子，薄命如斯！君是丈夫，负心若此！韶颜稚齿，饮恨而终。慈母在堂，不能供养。绮罗弦管，从此永休。征痛黄泉，皆君所致。李君李君，今当永诀！我死之后，必为厉鬼，使君妻妾，终日不安！

说完她拿起一杯酒泼在地上，表示与李益已是"覆水难收"，之后倒地而亡。李益抚尸大哭，后悔不已。他感情脆弱，屈从父母之命，对封建制度不敢有半点反抗，采取拖延蒙混的态度，背盟负义，绝情寡义，辜负了小玉一片痴情，不但被当时世人所不齿，也遭到了小玉冤魂的报复。

霍小玉美丽、纯洁、机敏、聪慧，敢爱敢恨，极具见识，更有强烈的反抗性格，是一个热烈、执着地追求爱情而又十分不幸的悲剧女子。与精明果敢的李娃相比，霍小玉对待爱情显得幼稚单纯，她对爱情有着美好的向往，身份微贱的她把一生的幸福都寄托在对爱情的憧憬上。在李益辞别之时，小玉已有不祥的预感，当李益毁信前誓，避而不见，小玉用尽所有方法找寻仍旧无果，一切希望尽皆破灭之后，她"日夜涕泣，都忘寝食，期一相见，竟无因由。怨愤益深，委顿床枕"，一个花季少女，就这样因爱生痴，最终一病不起。

尽管她身体虚弱，可是个性仍旧果断勇敢，当黄衫侠客携李益至家，霍小玉终于见到了那个日思夜盼的负心人时，她满腔的爱化为满腔的恨，发誓死后化作厉鬼，使得李益的妻妾不得安宁，然后痛哭着离开人世，含恨而终，为爱而死。

这样一个敢爱敢恨，为爱付出生命的烈女子，在当时森严冷酷的礼教压迫之下，毅然发出了反抗的呼声。小玉化为厉鬼，给负心郎以惩罚，更见她勇敢坚强、爱憎分明的一面。这样绝望又勇敢的呼喊，在历朝历代的文学作品中是前所未有的。而这为爱临终的哀恸呐喊，也让无数后代的读者记住了这个痴情而又决绝的女子——霍小玉。

霍小玉与李益这桩爱情悲剧，正是风尘女子的血泪控诉。李益的负心薄情寡义固然使人生厌，造成悲剧根源的封建门阀制度更是令人痛恨。然而，无论是大团圆式结局的《李娃传》，还是爱情悲剧的《霍小玉传》，其中刻画的个性鲜明、敢爱敢恨的李娃和霍小玉，使得每一个读完传奇的人都久久难以忘怀，她们是流传至今的经典文学女性形象。

# 第十三章

# 真情流露，祭文绝唱

## ——《祭十二郎文》

在本章，我们要认识的也是一位非常著名的唐朝大诗人——韩愈。韩愈，字退之，河南河阳人，自称"郡望昌黎"，世称"韩昌黎""昌黎先生"，是唐代杰出的文学家、思想家、哲学家，政治家。韩愈是唐代古文运动的倡导者，被后人尊为"唐宋八大家"之首，与前面介绍的柳宗元并称"韩柳"，有"文章巨公"和"百代文宗"之名。后人将其与柳宗元、欧阳修和苏轼合称"千古文章四大家"。杜牧把韩愈的文章与杜甫的诗并列，称为"杜诗韩笔"，苏轼称他"文起八代之衰"。能获得这么多称赞，可见韩愈的文学成就之高。

然而，作为一位如此伟大的文学家，韩愈的童年却是十分不幸的。韩愈的父母在他很小的时候都去世了，他由在京城做官的哥哥韩会抚养。韩会对弟弟很好，教他认真读书，好好做人。韩愈十岁的时候，韩会受到别人的牵连，被贬官到韶州（今属广东省），到韶州不久，韩会就因心情苦闷，又加上水土不服，生病死了。在朋友的帮助下，嫂嫂郑氏带着韩愈和儿子韩老成，护送着韩会的灵柩，回到了故乡河阳。安葬了韩会以后，郑氏语重心长地对韩愈和韩老成说："人生短暂，你们要抓紧时间读书做学问。虽不求显赫一时，也要不枉度一生。"

韩愈这时候已经很懂事了，他知道这是嫂嫂替哥哥说出的话。从此以后，每天早上公鸡一叫，他就起床做操，然后回到书房里读书。韩家历代有人做官，藏书很多，韩愈就从《论语》《孟子》读起。遇到问题，他就向嫂嫂请教。可当韩愈读《书经》《易经》的时候，嫂嫂就不会教他了，韩愈就去找当地有学问的人请教。就这样，韩愈还读了《老子》《庄子》《荀子》等先秦散文著作。

有一年春天，嫂嫂把韩愈叫到身边，对他说："你长大了，去洛阳求学吧。那里有学问的人多，可以开阔你的眼界。"第二天，韩愈便带着书童，踏上了去洛阳的路。

到了洛阳以后，韩愈拜访了一些韩家相识的亲朋故友。大家见他懂礼貌又有学问，都邀请他住在自己家里。韩愈谢绝了大家的好意，自己找了两间茅屋住下，开始过起清贫的读书生活。

韩愈身穿布衣，每天只吃两顿饭，其余的时间都用来读书、访友。有时候，他读书入了迷，要到半夜三更才睡觉。

有一次，韩愈和朋友们聚在一起谈论文章。韩愈心直口快地说："这读书就像品酒一样，好文章读起来，让人觉得痛快。那差的文章，比如骈体文，死板得很，读了让人憋气难受。""依你之见，哪几位名家写得好呢？"朋友们问他。"要说先秦，当然是孟子、庄子。要说两汉，当数董仲舒第一，其次是贾谊、扬雄。他们的文章形式自由，语句动人，含义深刻。"

后来，韩愈成了大学问家，就积极倡导人们学习先秦、两汉时期的散文，反对束缚人的骈体文，成为"古文运动"的倡导者。

在成为大文豪之后，韩愈的身边也发生过一些趣事。韩愈在任京兆尹兼御史大夫时，有一天，他办完公事回府，因当时有个规矩，朝廷官员外出，行人遇到必须回避，所以一见韩愈到来，街上行人都纷纷让路，可有一个书生模样的年轻人骑在驴子上摇头晃脑，右手还在空中做一推一敲的姿势，丝毫没有躲避的样子。随从人员立刻拥向前，把那人拿下，送到韩愈的马前问罪。

"你为什么不回避呢？"韩愈生气地问。

那个年轻人仿佛才从梦中醒来，眨了眨眼睛，忙向韩愈行礼说："晚生刚才正在作诗，有两个字难以选定，因为心思都用在这两个字上，才忘了回避，因此冒犯大人。"

一听作诗，韩愈转怒为喜，忙问："你在作什么诗？哪两个字难定？"

年轻人兴致勃勃地把诗念了一遍说："就是'鸟宿池边树，僧推月下门'中的'推'字，我想改用'敲'字，又觉不妥。反复思索，一时决断不下。"

韩愈听了点点头，一边有节奏地诵读着诗句，一边用手做"推门"和"敲门"的姿势，他用心琢磨了一会儿，

古人的作文有多精彩

大声说："我看还是'敲'字好。"

"为什么呢？请大人赐教。"

"这首诗写的是一位僧人月夜访友人的情景。僧人去时已经是夜晚，门自然是关闭的，怎能推门进去呢？'推'不合情理。而且，"敲"字响亮，在静悄悄的月夜，突然响起敲门声，惊动了栖息在树上的鸟儿，静中有动，意境优美。"韩愈一口气说完了自己的见解。

"大人高见，大人高见！"年轻人佩服地伸出了大拇指。

韩愈见眼前的年轻人又好学又谦虚，不由得盘问起来，才知他叫贾岛，是来京参加考试的。他欣赏贾岛的才华，让他并马而行，一同回府去。这样，贾岛成了韩愈的学生和朋友，经常一起讨论文学上的问题。后来，贾岛也成为一个有名的诗人。这个小故事就是"推敲"这个词的由来。

我们在前文中了解到韩愈有一个不幸的童年，可他又是幸运的，因为他有关心他、爱护他的哥哥和嫂子，哥嫂辛辛苦苦把韩愈和自己的儿子韩老成抚养长大，可惜，韩老成作为韩愈童年的伙伴，却命途多舛，不幸早逝。因为他在家族中排行第十二，于是他就是本章要介绍的《祭十二郎文》的主角十二郎。

《祭十二郎文》写于德宗贞元十九年（公元803

年），"八仙"中著名的韩湘子即是老成的长子。韩愈幼年丧父，靠兄嫂抚养成人，与其侄十二郎自幼相守，历经患难，感情特别深厚。但成年以后，韩愈四处漂泊，与十二郎很少见面。正当韩愈官运好转，有可能与十二郎相聚的时候，突然传来十二郎去世的噩耗，韩愈尤为悲痛，写下这篇祭文。

文章既没有铺排，也没有张扬，作者善于融抒情于叙事之中，在对身世、家常、生活遭际朴实的叙述中，表现出对兄嫂及侄儿深切的怀念和痛惜，一往情深，感人肺腑。由于全文篇幅比较长，我们只选取其中的两段，与大家一同感受韩愈在这篇祭文之中所倾注的无比伤痛的感情。

呜呼！其信然邪？其梦邪？其传之非其真邪？信也，吾兄之盛德而天其嗣乎？汝之纯明而不克蒙其泽乎？少者强者而夭殁（mò），长者衰者而存全乎？未可以为信也！梦也，传之非其真也，东野之书，耿兰之报，何为而在吾侧也？呜呼！其信然矣！吾兄之盛德而天其嗣矣，汝之纯明宜业其家者，而不克蒙其泽矣。所谓天者诚难测，而神者诚难明矣。所谓理者不可推，而寿者不可知矣。

……

呜呼！汝病吾不知时，汝殁吾不知日，生不能相养于共居，殁不得抚汝以尽哀，敛不凭其棺，窆（biǎn）不临其穴。吾行负神明，而使汝夭。不孝不慈，而不得与汝相养以生，相守以死。一在天之涯，一在地之角，生而影不与吾形相依，死而魂不与吾梦相接，吾实为之，其又何尤！"彼苍者天""曷（hé）其有极"！自今已往，吾其无意于人世矣！当求数顷之田于伊、颍之上，以待馀年。教吾子与汝子，幸其成；长吾女与汝女，待其嫁，如此而已。

　　这两段描写的是韩愈得知十二郎去世的消息之后，悲痛万分，以至于精神恍惚，不愿意相信这是真的。于是在祭文中一而再地发问这到底是真的，还是自己在做梦呢？他多么希望这一切悲伤的事都是一场梦啊，等梦醒来的时候，他还是个孩子，和十二郎一起在院子里玩耍，抚养他们的嫂子坐在廊下慈爱地看着他们。童年的生活是多么幸福，多么无忧无虑啊！让韩愈如何接受这突如其来的噩耗呢？于是他一再质问自己："唉！是真的这样呢？还是在做梦呢？还是这传来的消息不可靠呢？如果是真的，那么为什么我哥哥有那么美好的品德反而早早地失去后代了呢？你那么纯正聪明反而不能承受他的恩泽呢？难道年轻强壮的反而要早早死去，年老衰弱的我却应活在世上吗？实在不敢把它当作真的啊！"

可是现实就摆在韩愈的眼前，使他不得不相信自己亲爱的侄儿真的去世了："如果是梦，传来的噩耗不是真的，可是东野的来信、耿兰的报丧，却又为什么在我身边呢？啊！大概是真的了！我哥哥有美好的品德竟然早早地失去后代，你纯正聪明，本来是应该继承家业的，现在却不能承受你父亲的恩泽了。这正是所谓苍天确实难以揣测，而神意实在难以知道了！也就是所谓天理不可推求，而寿命的长短无法预知啊！"在这一段对于内心惶惑的叙述中，作者对侄儿之死所引起的情感的剧烈震荡，不仅为结尾的天命无常的慨叹加重了分量，而且为下段的痛悔准备了心理条件，使下段的责备、失悔、哀惜、慨叹仿佛从肺腑中沛然流出，使悲伤的情感逐步达到高潮。

真的太难过了，以至于想到十二郎已经远去，而自己还苟活在世界上，就觉得痛苦不堪："唉，你患病我不知道时间，你去世我不知道日子，活着的时候不能住在一起互相照顾，死的时候没有抚尸痛哭，入殓时没在棺前守灵，下棺入葬时又没有亲临你的墓穴。我的行为辜负了神明，才使你这么早死去。我对上不孝，对下不慈，既不能与你相互照顾着生活，又不能和你一块死去。一个在天涯，一个在地角。你活着的时候不能和我形影相依，死后魂灵也不在我的梦中显现，这都是我造成的灾难，又能抱怨谁呢？天哪！我的悲痛哪里有尽头呢？从今以后，我已经没有心思奔忙在世上了！还是回到老家去置办几顷地，度过我的余年。教养我的儿子和你的儿子，希望他们成才；抚养我的女儿和你的女儿，等到她们出嫁，我的心愿如此而已。"在这一小段中，韩愈通过对料理不到侄儿的生、病、死、葬的沉痛自责，表现了失去侄儿后的痛惜之情。哀思深挚，读之使人回肠荡气，不能不为之悲戚不已，这是这篇祭文在情感力量上所达到的又一高潮。在经过这次精神上的打击之后，韩愈已无意于留恋人间富贵，只求在伊、颖河旁买上几顷地，把自己的和十二郎的儿子养大，希望他们成人；把自己的和十二郎的女儿养大，等到她们嫁出去，也就罢了。这是多么无可奈何，多么心灰意冷的感慨啊！

韩愈的这篇文章是一篇"非主流"的祭文。传统的祭文大多数都是记叙去世的人此生的功绩名望，为他歌功颂德，口气非常冠冕堂皇，读起来冷冰冰的，使读者无法感受到作者的感情。

而韩愈的这篇文章，用平易晓畅的家常生活语言，长长短短，错错落落；疑问、感叹、陈述等各种句式，反复、重叠、排比、呼告等多种修辞手法，全篇都在写一些"鸡毛蒜皮"的家常琐事，但正是这些事无巨细的描写，才能看出韩愈与十二郎有多么刻骨铭心的骨肉亲情，以此来书写天人两隔之后，是多么沉痛而难以抑制的悲哀。韩愈仿佛在写一封书信，就好像在跟死者促膝谈心一样，呼"汝"唤"你"，似乎死者也能听到"我"的声音，边诉边泣，吞吐呜咽，交织着悔恨、悲痛、自责之情，显得异常自然而真切，使读过此文的读者没有不感动落泪的，具有震撼人心的感情力量。

事实正如祭文最后韩愈所发愿的那样，他真的把十二郎的孩子都接来自己抚养，而这之中还流传着很多传说故事。传说韩愈能生活自给以后，就将十二郎的儿子韩湘接到身边与自己同住，并教导他认真读书。但是，韩湘对读书进仕不感兴趣，却对访仙修道执迷不悟，韩愈对此非常痛心。有一次，韩愈在寻找外出访仙的韩湘时，有感而发写了一首诗。诗中说道：

> 两家各生子，孩提巧相如。
> 少长聚嬉戏，不殊同队鱼。
> 年至十二三，头角稍相疏。
> 二十渐乖张，清沟映污渠。
> 三十骨骼成，乃一龙一猪。
> 飞黄腾踏去，不能顾蟾蜍。
> 一为马前卒，鞭背生虫蛆；
> 一为公与相，潭潭府中居。
> 问之何因尔？学与不学欤！

他写这首诗希望侄孙能有觉悟。谁知韩湘回家见到诗后，也写了一首诗来言志。诗中说：

解造逡巡酒，能开顷刻花。

有人能学我，同共看仙葩。

韩愈不相信侄孙一会儿就能酿成美酒，一眨眼能使树开花。韩湘遂撮土一盆，一会儿说："花已开矣。"拿开盆只见碧花两朵，叶间有两行小字，是一诗联："云横秦岭家何在，雪拥蓝关马不前。"韩愈对侄孙的本领大为惊异，只好听任韩湘离开自己，云游天下去了。据说后来不久，韩湘就得道成仙，位列八仙，也就是著名的传说"八仙过海"之中的韩湘子。

后来唐宪宗时，官居刑部侍郎的韩愈向皇帝上书《论佛骨表》谏阻皇帝迎"佛骨"进京，一心想长生不老的唐宪宗盛怒之下将他贬到偏远的潮州去做刺史。传说，韩愈在冬天顶风冒雪到潮州赴任，途中遇到一人在雪地等候他，这人正是那多年前远游求仙的侄孙韩湘。已经成仙的韩湘迎接爷爷说："爷爷您还记得当年花上的句子吗？'云横秦岭家何在，雪拥蓝关马不前'，说的就是今日之事啊。"

韩愈向人打听这里的地名，当地人告诉他，这里是

"蓝关"。于是韩愈嗟叹再三，终于有点相信侄孙韩湘有仙风道骨，能预知未来。韩愈对韩湘说："我就你那诗联凑成一首完整的诗吧。"说完，赋诗一首，这就是著名的《左迁至蓝关示侄孙湘》。诗曰：

> 一封朝奏九重天，夕贬潮阳各八千，
>
> 欲为圣朝除弊事，肯将衰朽惜残年？
>
> 云横秦岭家何在，雪拥蓝关马不前。
>
> 知汝远来应有意，好收吾骨瘴江边。

传说韩湘想点化爷爷随他修道，被韩愈拒绝，他就护送爷爷到潮州赴任。潮州有鳄鱼危害百姓，到任后的韩愈写了篇著名的文章《祭鳄鱼文》以驱逐鳄鱼。韩愈将这篇文章在河边设祭焚烧后，所有的鳄鱼都乖乖退出了潮州地面，不再危害百姓。据说，这主要是韩湘子施仙法相助，迫使鳄鱼逃离潮州的缘故。韩愈一篇祭文驱退鳄鱼的事传开后，唐宪宗知道韩愈对朝廷的忠诚，于是下诏将韩愈诏回京城复职。然而，韩愈接到诏命返京途中，路经家乡东都洛阳时生病身亡。上报朝廷后，被安葬在洛阳北面的河阳。传说，韩愈是诈死身亡，实际上，他是随侄孙韩湘子在洛阳隐居下来，最终修道成仙了。

# 东坡先生散文里的疏旷襟怀

## ——《后赤壁赋》

在本章，我们将进入文学家辈出的宋代。第一个要介绍的当然是宋代文学成就最高的大文学家——苏轼。苏轼，字子瞻，号东坡居士，北宋眉州眉山（今属四川省）人，是北宋著名文学家、书法家、画家，谥号"文忠"。

为什么说苏东坡堪称宋代文学成就最高的人呢？因为他在诗、词、散文、书、画等方面都取得了非常高的成就。其诗题材广阔，清新豪健，善用夸张比喻，独具风格，与黄庭坚并称"苏黄"；其词开豪放一派，与辛弃疾同是豪放派代表，并称"苏辛"；其散文著述宏富，豪放自如，与欧阳修并称"欧苏"，为"唐宋八大家"之一。苏轼亦善书法，与黄庭坚、米芾、蔡襄并称为"宋四家"；又工于绘画，尤擅墨竹、怪石、枯木等，真是才华横溢的天才文人！

苏轼在词的创作上取得了非凡的成就，就一种文体自身的发展而言，苏词的历史性贡献又超过了苏文和苏诗。苏轼继柳永之后，对词体进行了全面的改革，最终突破了词为"艳科"的传统格局，提高了词的文学地位，使词从音乐的附属品转变为一种独立的抒情诗体，从根本上改变了词史的发展方向。他的诗也写得极好，苏轼学博才高，对诗歌艺术技巧的掌握达到了得心应手的纯熟境界，而且苏诗的表现能力是惊人的，在苏轼笔下几乎没有不能入诗的题材。

苏轼的散文也像他的诗词一样，呈现出多姿多彩的艺术风貌。他广泛地从前代的作品中汲取艺术营养，具有极高的表现力，在他笔下几乎没有不能表现的客观事物或内心情思。苏文的风格则随着表现对象的不同而变化自如，像行云流水一样的自然畅达，使人读起来平易流利。

本章介绍的就是苏轼文章之中最为清新明快的一类：他的叙事记游散文。在他的这类散文中，叙事、抒情、议论三种功能更是结合得水乳交融。例如我们在语文课本中学过的《记承天寺夜游》，全文仅80余字，但意境超然，韵味隽永，表现出苏轼极高的文学造诣。本章分享的《后赤壁赋》属于辞赋，苏轼吸收了诗歌的抒情意味，沿用赋体主客问答、抑客伸主的传统格局，抒写了自己的人生哲学，同时也描写了长江月夜的幽美景色。全文堪称优美的散文诗，令读者读罢赤壁美景仿佛历历在目，不愧是流传至今的绝代佳作。

苏轼在文、诗、词三方面都达到了极高的造诣，而且苏轼的创造性活动不局限于文学和书画，他对医药、烹饪、水利等技艺也有所贡献。苏轼进退自如、宠辱不惊的人生态度被历代后人所敬仰和效法。苏轼以宽广的审美眼光去拥抱大千世界，所以凡物皆有可观，到处都能发现美的存在，这种胸怀和眼界也为后人开辟了新的世界。

因此，苏轼在当时文坛上享有巨大的声誉，他继承了欧阳修的精神，十分重视发现和培养文学人才。当时就有许多青年作家众星拱月似的围绕在他周围，其中成就较大的有黄庭坚、张耒、晁补之、秦观四人，合称"苏门四学士"。再加上陈师道和李廌，又合称"苏门六君子"。此外，李清照的父亲李格非、李之仪、唐庚、张舜民、孔平仲、贺铸等人，也都直接或间接地受到苏轼影响。苏轼还以和蔼可亲、幽默机智的形象留存在后人的心目中。他在各地的游踪、生活中的各种发明都是后人喜爱的话题。在宋代作家中，就受到后人广泛喜爱的程度而言，苏轼是无与伦比的。因此，在他的身上流传着很多有趣的传说故事。

相传苏轼年少时，天资聪颖，他广泛阅读诗书，博通经史，又长于作文，因而受到人们的赞赏，他渐渐变得骄傲起来。

某日，苏轼于门前手书一联："识遍天下字，读尽人间书。""尽"与"遍"对，活画出苏轼当时的自傲之心。没料到，几天之后，一鹤发童颜老者专程来苏宅向苏轼"求教"，他请苏轼认一认他带来的书。苏轼满不在乎，接过一看，心中顿时发怔，书上的字一个也不认识，心高气傲的苏轼亦不免为之汗颜，只好连连向老者道不是，老者含笑飘然而去。

苏轼羞愧难当，跑到门前，在那副对联上各添上两字，境界为之一新，乡邻皆刮目："发愤识遍天下字，立志读尽人间书。"

苏轼20岁的时候，到京师科考。有六个自负的举人看不起他，决定备下酒菜请苏轼赴宴打算戏弄他，苏轼受邀欣然前往。入席尚未动筷子，一举人提议行酒令，酒令内容必须要引用历史人物和事件，这样就能独吃一盘菜，其余五人连声叫好。

"我先来！"年纪较长的说，"姜子牙渭水钓鱼！"说完捧走了一盘鱼。"秦叔宝长安卖马。"第二位神气地端走了马肉。"苏子卿贝湖牧羊。"第三位毫不示弱地拿走了羊肉。"张翼德涿县卖肉。"第四个急吼吼地伸手把肉扒了过来。"关云长荆州刮骨。"第五个迫不及待地抢走了骨头。"诸葛亮隆中种菜。"第六个傲慢地端起了最后的一样青菜。菜全部分完了，六个举人兴高采烈地正准备边吃边嘲笑苏轼时，苏轼却不慌不忙地吟道："秦始皇并吞六国。"说完把六盘菜全部端到自己面前，微笑道，"诸位兄台请啊！"六举人呆若木鸡，不得不佩服苏轼的机智。

苏轼在京城会考时，主审官是大名鼎鼎的北宋文学名家欧阳修，他在审批卷子的时候被苏轼华丽绝赞的文风所倾倒。为防徇私，那时的考卷均为无记名式，所以欧阳修虽然很想选这篇文章为第一，但他觉得该文很像自己的学生曾巩所写，怕落人口实，所以最后评了第二。直到发榜的时候，欧阳修才知道文章作者是苏轼。在知道真实情况后欧阳修后悔不已，但是苏轼却一点也不计较，他的大方气度和出众才华让欧阳修赞叹不已："这样的青年才俊，真是该让他出榜于人头地啊！"并正式收苏轼为弟子。成语"出人头地"就出自这个小故事。

作为文人，难免喜欢在政治上毫不避讳地抒发己见，苏轼也不例外。作为保守派的苏轼对王安石的变法维新更是狂炮猛轰，并因此多次遭受打压，被贬谪到很远的地方做官。北宋神宗元丰二年（公元1079年），变法推行的第十个年头，面对苏轼犀利的批判，王安石终于坐不住了，苏轼因此被贬湖州，接着又被逮捕，送到汴梁受审。史称"乌台诗案"的文字狱开始，大量跟苏轼有交往的文人墨客都受到株连，就连已经逝去的苏轼的老师欧阳修及家人也未能幸免。苏轼本人更是遭受100天的牢狱之苦。然而，后来王安石变法失败辞世后，宋哲宗昭命苏轼代拟敕书，苏轼丝毫不以政见不同而在敕书里公报私仇，反倒是高度评价了他的这位政敌。文中有一段曰："瑰玮之文，足以藻饰万物；卓绝之行，足以风动四方。"这个给予王安石的评价，苏轼自己也是当之无愧的。东坡居士这种高风亮节、大公无私的精神实在令后人感动。

后来，苏轼被贬到瓜洲。苏轼虽然信仰佛教，但又不喜和尚。传说有一天，他闻得瓜州金山寺内有一法号为佛印的和尚名气极大，苏轼听说后不服气，就决定到山上会一会老和尚。在庙里，苏轼从皇帝讲到文武百官，从治理国家讲到为人之道。和尚静静听着，苏轼见佛印一直一言不发，就从心里有点瞧不起他。心想：大家都说他有本事，原来草包一个，来这里是骗几个香火钱的吧！话题慢慢地谈到了佛事上，这时候佛印问道："在您眼里老衲是一个什么样的人？"

苏轼正满肚子鄙视，随口答道："你在一般人眼里看来是有本事，但那是因为他们浅薄，实际上你每天故弄玄虚，没有真才实学，是个骗子而已！"佛印微微一笑，默不应声。苏轼看到他这个样子不仅更瞧不起他，而且自己扬扬得意起来，便乘兴问道："在你眼里我苏大学士又是一个什么样的人呢？""你是一个有学问、有修养的人，老衲自愧不如！"佛印答道。

回到家后，苏轼扬扬得意地把早上如何羞辱和尚的事给小妹讲了一遍，苏小妹听后笑得饭都喷出来了。苏轼不明白是怎么回事，忙问道："小妹为何发笑？""你贬低和尚他不仅没生气反而把你赞扬了一番，你说谁有修养？没有学问哪来的修养？你还自以为自己比别人强？羞死你你都不知道！"苏轼听后恍然大悟，羞愧难当，从此与佛印大师成了莫逆之交。

"乌台诗案"之后，苏轼被赦免出狱，遭贬至黄州。他靠朋友资助住在东坡上的一间茅屋里，并因此自称"东坡居士"。这时的苏轼有了大量清闲时间，就到处题赋游玩，大量绝世名词佳篇就是在这个时期写出来的，苏轼在游黄州赤壁时所写的《念奴娇·赤壁怀古》更成了千古佳作。不过苏轼虽然博学多才，但在地理上却犯了致命错误，三国赤壁在武汉上游，而黄州赤壁在武汉下游，此赤壁非彼赤壁。不过因为苏东坡的《赤壁怀古》实在是千古佳作，流传太广，于是人们将错就错，苏轼题词的黄州赤壁现在就被叫作东坡赤壁。我们在语文课本中学到的《前赤壁赋》和本章所分享的《后赤壁赋》，它们所描写的都是东坡赤壁的美丽景色。让我们一起来欣赏东坡先生所描绘的这一幅秋江夜月的美妙图景吧！

　　是岁十月之望，步自雪堂，将归于临皋。二客从予过黄泥之坂。霜露既降，木叶尽脱，人影在地，仰见明月，顾而乐之，行歌相答。已而叹曰："有客无酒，有酒无肴，月白风清，如此良夜何！"客曰："今者薄暮，举网得鱼，巨口细鳞，状如松江之鲈。顾安所得酒乎？"归而谋诸妇。妇曰："我有斗酒，藏之久矣，以待子不时之需。"于是携酒与鱼，复游于赤壁之下。江流有声，断岸千尺；山高月小，水落石出。曾日月之几何，而江山不可复识矣。予乃摄衣而上，履谗岩，披蒙茸，踞虎豹，登虬龙，攀栖鹘之危巢，俯冯夷之幽宫。盖二客不能从焉。划然长啸，草木震动，山鸣谷应，风起水涌。予亦悄然而悲，肃然而恐，凛乎其不可留也。反而登舟，放乎中流，听其所止而休焉。时夜将半，四顾寂寥。适有孤鹤，横江东来。翅如车轮，玄裳缟衣，戛然长鸣，掠予舟而西也。

须臾客去，予亦就睡。梦一道士，羽衣蹁跹，过临皋之下，揖予而言曰：“赤壁之游乐乎？”问其姓名，俯而不答。“呜呼！噫嘻！我知之矣。畴昔之夜，飞鸣而过我者，非子也邪？”道士顾笑，予亦惊寤。开户视之，不见其处。

苏轼这篇散文的大概意思是：

这一年的十月十五日，我从雪堂出发，准备回临皋亭。有两位客人跟随着我，一起走过黄泥坂。这时霜露已经降下，叶全都脱落。我们的身影倒映在地上，抬头望见明月高悬。四下里瞧瞧，心里十分快乐；于是一面走一面吟诗，相互酬答。

过了一会儿，我叹惜地说：“有客人却没有酒，有酒却没有菜。月色皎洁，清风吹拂，这样美好的夜晚，我们怎么度过呢？”一位客人说：“今天傍晚，我撒网捕到了鱼，大嘴巴，细鳞片，形状就像吴淞江的鲈鱼。不过，到哪里去弄到酒呢？"我回家和妻子商量，妻子说："我有一斗酒，保藏了很久，为了应付您突然的需要。"

就这样，我们携带着酒和鱼，再次到赤壁的下面游览。长江的流水发出声响，陡峭的江岸高峻直耸；山峦很高，月亮显得小了，水位降低，礁石露了出来。才相隔多少日子，上次游览所见的江景山色再也认不出来了！我撩起衣襟上岸，踏着险峻的山岩，拨开纷乱的野草；蹲在虎豹形状的怪石上，又不时拉住形如虬龙的树枝，攀上猛禽做窝的悬崖，下望水神冯夷的深宫。两位客人都不能跟着我到这个极高处。我大声地长啸，草木被震动，高山与我共鸣，深谷响起了回声，大风刮起，波浪汹涌。我也觉得忧愁悲哀，感到恐惧而静默屏息，觉得这里令人畏惧，不可久留。回到船上，把船划到江心，任凭它漂流到哪里就在那里停泊。这时快到半夜，望望四周，觉得冷清寂寞得很。正好有一只鹤，横穿江面从东边飞来，翅膀像车轮一样大小，尾部的黑羽如同黑裙子，身上的白羽如同洁白的衣衫，它嘎嘎地拉长声音叫着，擦过我们的船向西飞去。

过了会儿，客人离开了，我也回家睡觉。梦见一位道士，穿着羽毛编织成的衣裳，轻快地走来，走过临皋亭的下面，向我拱手作揖说："赤壁的游览快乐吗？"我问他的姓名，他低头不回答。"噢！哎呀！我知道你的底细了。昨天夜晚，边飞边叫着从我这里经过的人，不是你

古人的作文有多精彩

吗？"道士回头笑了起来，我也忽然惊醒。开门一看，却看不到他在什么地方了。

《赤壁赋》分前后两篇，珠联璧合，浑然一体。文章通过同一地点（赤壁），同一方式（月夜泛舟饮酒），同一题材（大江高山清风明月），反映了不同的时令季节，描绘了不同的大自然景色，抒发了不同的情趣，表达了不同的主题。字字如画，句句似诗，诗画合一，情景交融，真是同工异曲，各有千秋。《后赤壁赋》是《前赤壁赋》的续篇，也可以说是姐妹篇。前赋主要是谈玄说理，后赋却是以叙事写景为主；前赋描写的是初秋的江上夜景，后赋则主要写江岸上的活动，时间也移至孟冬；两篇文章均以"赋"这种文体写记游散文，一样的赤壁景色，境界却不相同，然而又都富有诗情画意。前赋是"清风徐来，水波不兴""白露横江，水光接天"，后赋则是"江流有声，断岸千尺；山高月小，水落石出"。不同季节的山水特征，在苏轼笔下都得到了生动、逼真的反映，都给人以壮阔而自然的美的享受。

然而，创作《后赤壁赋》时的苏轼，正处在遭到贬谪，看不到政治希望，无法实现自己的政治抱负的愁苦之中，情感更为抑郁迷惘。因此，在文章的最后，游后入睡的苏轼在梦乡中见到了曾经化作孤鹤的道士，在"揖予""不答""顾笑"的神秘幻觉中，表露了作者本人出世入世思想矛盾所带来的内心苦闷。政治上屡屡失意的苏轼很想从山水之乐中寻求超脱，结果非但无济于事，反而给他心灵深处的创伤又添上新的哀痛，南柯一梦后又回到了令人压抑的现实。

结尾八个字"开户视之，不见其处"相当迷茫，但还有双关的含义，表面上像是梦中的道士倏然不见了，更深的内涵却是苏轼的前途、理想、追求、抱负又在哪里呢？这种虚无的境界和无可奈何的心情，实在是令今天的我们也不由得掩卷叹息啊！

# 第十五章

# 一代词宗李清照的坎坷人生

## ——《金石录后序》

常记溪亭日暮，沉醉不知归路。

兴尽晚回舟，误入藕花深处。

争渡，争渡，惊起一滩鸥鹭。


　　这首小词《如梦令》想必每一位同学都会背诵吧，它的作者我们也十分熟悉，没错，她就是北宋著名的才女李清照。这首小词处处洋溢着清新愉快的格调，是李清照年轻时的代表作。这时的李清照生活在书香门第的优越环境中，无忧无虑，所以作品也体现着她的闲适自由的幸福生活。可是你知道吗？李清照后来的生活却经历了艰辛坎坷，她的那些"凄凄惨惨戚戚"的佳作也都是在人生不幸的时候创作出来的。那么她到底经历了怎样坎坷曲折的人生呢？李清照在她自己的文章中就饱含深情地告诉我们了。这一章我们就来一起欣赏李清照的这篇记叙自身和丈夫的坎坷经历的文章——《金石录后序》。

　　为什么一篇讲述李清照自己人生故事的文章会取了这么一个名字呢？这是因为，李清照的丈夫赵明诚在当时是一位非常著名的收藏家和文物鉴赏家，李清照对于文物收藏也非常感兴趣，因此夫妇二人在京城汴梁生活的日子里，收集了很多文物字画古书。赵明诚就倾尽心血写了一本书来详细记载和研究这些文物，这本书的名字就叫作《金石录》。李清照的这篇文章就附在《金石录》的最后，因此就被称作《金石录后序》。结果，由于这篇文章如泣如诉地历数了在国破家亡的历史背景下，李清照夫妇二人在婚后三四十年的日子里所经历的喜怒哀乐和生离死别，非常具有历史和文学的研究价值，因此，这篇"后序"的名气比整本书的名气还要大很多。李清照把她对丈夫赵明诚的真挚而深婉的感情，倾注于行云流水般的文笔中，娓娓动人地叙述着自己的经历，使得每一个读者随着他们的快乐而感到快乐，随着他们的痛苦也感到痛苦，实在是一篇非常出色的散文。

要了解李清照波澜起伏的人生，我们要从她小时候的故事讲起。900多年前，有一位从山东济南来的父亲，带着自己6岁的小女儿来到了富丽甲天下的京城汴梁，住在城西一座被称为"有竹堂"的幽雅宅子里。这位父亲名叫李格非，而这个小女孩便是我们的主人公李清照。

李清照从小生活在书香门第，她的父亲李格非，是大文豪苏轼的得意门生之一，她的母亲是状元王拱辰的孙女。王拱辰19岁就中了状元，是宋代最年轻的状元之一。在父母的良好教育下，李清照也显露出独一无二的才华，她琴棋书画样样精通，尤其擅长填词。李格非非常疼爱这个聪明的女儿，视若掌上明珠。

有一次，李格非宴请文人学士，李清照悄悄坐在厅堂的门边，听大人们评诗论文。席间，李格非拿出一首词

《如梦令》，请大家评论。有位诗人接过来大声吟诵：
"昨夜雨疏风骤，浓睡不消残酒。试问卷帘人，却道海棠
依旧。知否？知否？应是绿肥红瘦。"

话音刚落，赞扬声四起："意境优美，词句清丽，难
得的佳作啊！""情真意切，犹如一股山间清泉！""妙
就妙在'绿肥红瘦'，堪称绝唱！"

这时，坐在门边的李清照脸上泛着红晕，同时流露出
几分不易觉察的得意。

忽然，苏门大学士晁补之无意中扭头瞥见这小姑娘不
寻常的神态，马上猜到了其中的奥秘，不由得朝她一笑，
然后接过话头说："一天晚上刮风下雨，一位才女喝醉了
酒，沉沉地睡着了。第二天，婢女的卷帘声把她惊醒。她
连忙问：'海棠花怎么样啦？'婢女回答：'海棠花没被
打落，依然是老样子。'才女惆怅地说：'知道吗？经过
昨晚的风吹雨打，应该是绿叶儿肥厚增多，红花儿瘦损减
少了。'"他解释完词意，稍停了会儿，然后问大家："你
们猜，这才女是谁？"

人们一下子愣住了，你看看我，我看看你，都猜不出
是谁。"告诉你们"，晁补之站起来说，"远在天边，近
在眼前，这才女就是李府的千金小姐李清照！"

众人的目光一起投向了门边，不禁赞叹有加，纷纷佩
服李格非教女有方，培养了这么一位出色的才女。李格非

笑在脸上，甜在心里。

李清照18岁那年，同赵明诚结了婚。赵明诚也是一位不简单的青年，他是当朝宰相赵挺之的公子，两人门当户对。他不但诗文写得好，还特别喜爱收藏文物，跟李清照的爱好不谋而合，两人十分情投意合。虽然当时夫妻二人家境都较宽裕，但是为了收集名人书画和古董漆器，他们居然"食去重肉，衣去重彩，首无明珠翡翠之饰，室无涂金刺绣之具"。每逢初一和十五，夫妻二人总要到都城开封的相国寺一带的市场上去寻访金石书画，然后倾囊买回家里。如此几年，积少成多，单是钟鼎碑碣之文书就有两千卷之多。李清照在《金石录后序》里就记载着他们年轻时候买不起文物的一个故事：

有一次，两个人把三个月积蓄下来的一千五百钱，用来买了一张东晋大书法家王羲之的字迹。不久，又有一人拿了一幅古画找上门来说："这是大画家徐熙画的《牡丹图》，听说你们很喜欢收藏名画，是个行家，今天我特意送上门来。"

李清照和赵明诚展开古画，共同仔细地辨认，断定确实是徐熙亲手画的珍品。画上的牡丹形态不一，花瓣艳丽逼真，茎叶嫩绿可爱。特别是花朵上的粒粒露珠，画得晶莹闪亮，像是在滚动似的，而空中的蝴蝶，也和真的一般。两人越看越喜爱，忙把那人迎进客厅，问道："这画确是真品，不知你要多大的价，才肯卖呢？"

"二十万钱。"那人回答。

"这么多？少一些不行吗？"

"不行。少一文也不卖。"

赵明诚和李清照对看了一下，就请那个人先在家里住下。晚上，夫妻俩商议起来，李清照说："画是好画，只是钱太多了。"

"是啊，我们哪有这二十万钱呢？"

"让我来算一算。"李清照把家里能卖的物品核算了一下，可仍然凑不起那笔钱，只得叹了口气。

"那就不要买了。"赵明诚泄气地说。

第二天，他们把画还给了那个人，让他走了。两个人为这件事惋惜了好几天。

婚后，赵明诚被授予鸿胪少卿的官职，主管外交礼仪等事务。后来，李清照的父亲李格非和赵明诚的父亲赵挺之分别被贬职和遭受诬陷，家属受到株连，李清照夫妇二人不得不返回青州老家生活。他们把老家的房子整修一新，并根据陶渊明的《归去来兮辞》，将主厅命名为"归来堂"。李清照把自己的居室称为"易安室"，这也就是她的号"易安居士"的由来。青州的生活，是李清照人生里最愉快最自由的一段日子，夫妇二人勤俭持家，过着衣食无忧的闲适生活。他们有空就到青州街上去逛逛，遇到

古人的作文有多精彩

有价值的古器书画，便买回家中，每次买到一本没读过的书就共同校勘，考定版本。

李清照在《金石录后序》就记载了一段夫妇二人在青州的愉快生活。他们晚饭后的一项娱乐活动就是猜书斗茶。这种高雅的文化娱乐十分有趣，李清照为我们详细解释了这个游戏：先煮上一壶茶，然后轮流由一人说出一句或一段古人的诗文，让对方猜这句话出自哪本书、第几卷、第几页、第几行，以猜中与否分胜负，猜对了就优先喝一杯茶。由于李清照的记忆力特别强，几乎是百猜百中，赵明诚不得不甘拜下风。李清照屡屡猜中，非常得意，以至于哈哈大笑，把茶杯都碰倒了，一杯茶全洒在自己怀里，浇得一身湿漉漉的，被赵明诚取笑了好久。可见当时夫妇二人的生活是多么无忧无虑啊！在《金石录后序》里，李清照回忆起这一段往事，也不禁感慨，真想一辈子都生活在那个时候！

到了清朝，有个著名的文学家叫作纳兰性德，他读到这段的时候非常感动于李清照夫妇的深厚感情，不禁想起了自己去世的妻子卢氏。于是他写了一首《浣溪沙》来怀念自己的爱妻，词中就引用了李清照的典故"赌书消得泼茶香"，而这首词也成了悼亡词的经典之作：

谁念西风独自凉，萧萧黄叶闭疏窗。沉思往事立残阳。

被酒莫惊春睡重，赌书消得泼茶香。当时只道是寻常。


再后来，赵明诚离家别妻，到外地做官，李清照则留守青州家中，夫妻二人有了一段较长时间的分离。这期间，李清照心里十分记挂赵明诚，她每隔几日就作一首小令，寄托自己的相思之情。眼看重阳佳节就要到了，这本该是登高赏菊、家人团聚的日子，可赵明诚却没有一点归来的消息。李清照不免日日惦念，常常走到路口，向远处眺望。

这天午后，李清照照旧到路口观望了一阵。回来后，便坐到窗下静静等待，她总觉得丈夫一定会在重阳节前赶回来。她边等边不时向窗外瞟上几眼，不知不觉已到黄昏。李清照刚刚闭上眼睛想养养神，忽然觉得窗外有个人影在晃动，李清照一阵欣喜，站起身奔出门外，却发现原来是一个陌生人，已经走远了。

失望的李清照看着院子里随风飘摆、花瓣落了一地的菊花，不由叫着丈夫的字埋怨："德甫呀，你一去数月不归，让我等得好苦！"回到屋中，李清照将满腔思念诉于笔端，提笔写下《醉花阴》：

古人的作文有多精彩

薄雾浓云愁永昼，瑞脑消金兽。佳节又重阳，玉枕纱厨，半夜凉初透。

东篱把酒黄昏后，有暗香盈袖。莫道不销魂，帘卷西风，人比黄花瘦。

赵明诚看到《醉花阴》一词后，深深感到妻子对自己的无限思念，激动不已。同时，他也赞叹妻子的才气，能写出如此绝妙的词句。他发誓也要作上几首好词，既能回报妻子的痴情，又能在朋友们面前彰显一下自己的文采。于是，赵明诚闭门谢客，将自己关在房中潜心创作了三天。

三天的闭门苦思，赵明诚终于写出50阕小词。他颇为得意，故意将妻子的那首《醉花阴》誊抄后，混在自己的词中，直奔他最好的朋友陆德夫那里。

陆德夫见到赵明诚的样子吃了一惊，关切地问："赵兄，怎么三日不见，你竟显得如此憔悴不堪呀？"赵明诚顾不上回话，不等落座，便将51首词从袖子中掏出来："先不管那些，快看看我的词。"陆德夫见赵明诚如此性急和兴奋，也不多说，接过词稿细细品味起来。

仔细揣摩后，陆德夫从词稿中抬起眼，看着赵明诚急切的目光，说道："'士别三日，当刮目相看'呀，不想赵兄三日之中，就有如此大的长进，真令我佩服！"

赵明诚听到夸奖，喜不自胜，继续追问："你看好在哪里？"陆德夫一脸的诚恳："依我之见，这词好在三句上。"

赵明诚一听只有三句写得好，心中有些不快，但又不甘心，追问道："哪三句？"陆德夫略一沉吟，指着那首《醉花阴》："这'莫道不消魂，帘卷西风，人比黄花瘦'三句，真是传神之笔，出语不凡啊。"赵明诚听罢，脸羞得通红：自己想一鸣惊人，却还是没能比得过妻子李清照。从此他更加敬慕妻子的才学，甘拜下风。

然而，在那个动荡的年代，美好的时光总是不能长久。随着敌人的铁蹄踏破了国门，李清照夫妇二人不得不往南方迁居。长途的奔波劳苦和国破家亡的巨大打击，让赵明诚在赶路的过程中一病不起。李清照在得到赵明诚卧病不起的消息后，当天就乘船东下，日夜兼程，与相濡以沫的丈夫见了最后一面。他们夫妇诀别的情景，在李清照所作的《金石录后序》中有十分感人的描述："八月十八日，遂不起。取笔作诗，绝笔而终……"而孤身一人的李清照为了保存丈夫毕生收藏的书籍文物，踏上了惶惶不可终日的逃难历程。李清照一路雇船求人，历尽辛苦，像一叶孤舟在风浪中无助地飘摇。途中，她贫病交加，身心憔悴，无力再保存这些文物，她与赵明诚收集的金石书画在四处奔波之中丧失殆尽。

在《金石录后序》里，李清照对这段生活感慨万千。她说道：

把赵明诚安葬完毕，我茫茫然不知到什么地方是好。建炎三年（公元1129年）七月，皇上把后宫的嫔妃全部遣散出去，又听说长江就要禁渡。当时家里还有书两万卷，金石刻两千卷。所有的器皿、被褥，可以供百人所用；其他物品，数量与此相当。我又生了一场大病，只剩下一口气。时局越来越紧张，想到明诚有个做兵部侍郎的妹婿，此刻正做后宫的护卫在南昌。我马上派两个老管家，先将行李分批送到他那里去。谁知到了冬十二月，金人又攻下南昌，于是这些东西便全数失去。一艘接着一艘运过长江的书籍，又像云烟一般消失了，只剩下少数分量轻、体积小的卷轴书帖，以及写本李白、杜甫、韩愈、柳宗元的诗文集，《世说新语》《盐铁论》，汉、唐石刻副本数十轴，三代鼎鼐十几件，南唐写本书几箱。偶尔病中欣赏，把它们搬在卧室之内，这些可谓岿然独存的了。

长江上游既不能去，加之敌人的动态难以预料，我有个兄弟叫李远，在朝任勑局删定官，便去投靠他。我赶到台州，台州太守已经逃走；回头到剡县，出睦州，又丢掉衣被急奔黄岩，雇船入海，追随出行中的朝廷。这时高宗皇帝正驻跸在台州的章安镇。于是我跟随御舟从海道往温州，又往越州。建炎四年（公元1130年）十二月，皇上有旨命郎官以下官吏遣散出去，我就到了衢州。绍兴元年（公元1131年）春三月，复赴越州；二年，又到杭州……在越州时，我借居在当地居民钟氏家里。冷不防一天夜里，有人掘壁洞背了五筐去。我伤心极了，决心重金悬赏收赎回来。过了两天，邻人钟复皓拿出十八轴书画来求赏，因此知道那盗贼离我不远了。我千方百计求他，其余的东西再也不肯拿出来。今天我才知道被福建转运判官吴说贱价买去了。所谓"岿然独存"的东西，这时已去掉十分之七八。剩下一两件残余零碎的，有不成部帙的书册三五种。平平庸庸的书帖，我还像保护头脑和眼珠一样爱惜它，多么愚蠢啊！

虽然嘴里这么说，李清照对这些流失的文物还是非常遗憾惋惜的。她翻阅着去世多年的丈夫倾注毕生心血铸就的《金石录》，好像又见到了死去的亲人一般。因此，又想起赵明诚在莱州静治堂上，一页一页把它装订成册，插上标签，再用丝带绑好，每十卷作一帙。如今看到丈夫的笔迹还像新的一样，可是他墓前的树木已长得能够两手合抱了。物是人非，国破家亡，这是多么悲伤啊！

李清照晚年，有一次，朋友邀她去看灯。李清照无心游乐，想起了少年时代京城火树银花、人涌如潮的元宵之夜："中州盛日，闺门多暇，记得偏重三五。铺翠冠儿，拈金雪柳，簇带争济楚。"她独坐屋中，抚今追昔，不禁黯然神伤："如今憔悴，风鬟霜鬓，怕见夜间出去。不如向，帘儿底下，听人笑语。"年迈的她经历了一生的大起大落、悲欢离合，已经无心再去追求玩乐了，生活留给她的，只有一生的坎坷苦涩。

在一个深秋的黄昏，她独自漫步在落叶黄花之中，无边的寂寞阵阵袭来。国破家亡的严酷现实，颠沛流离的悲惨遭遇，终于凝结成浓缩她半生痛楚的绝唱《声声慢》：

寻寻觅觅，冷冷清清，凄凄惨惨戚戚。乍暖还寒时候，最难将息。三杯两盏淡酒，怎敌他、晚来风急！雁过也，正伤心，却是旧时相识。

满地黄花堆积，憔悴损，如今有谁堪摘？守着窗儿，独自怎生得黑！梧桐更兼细雨，到黄昏、点点滴滴。这次第，怎一个愁字了得！

# 清新的江南民俗小品文与
# 背后的感时伤世

## ——《陶庵梦忆》节选

读完李清照的坎坷一生，你是不是也会感慨国破家亡对一个人的影响真是太大了！但是，同样的故事在明朝再次上演，而这次的主人公叫作张岱。

张岱，字宗子，又字石公，号陶庵、蝶庵，别号蝶庵居士，晚号六休居士，山阴（今浙江省绍兴市）人。他是明末清初非常著名的文学家和史学家，尤其擅长写小品文，是公认成就最高的明代文学家之一。著有《陶庵梦忆》《西湖梦寻》《夜航船》《琅嬛文集》《石匮书》等。

你可能发现了，张岱有两本名著的书名中都带有一个"梦"字，这究竟是为什么呢？想要了解其中的缘由，我们就从张岱的身世说起。

张岱生活在明朝末年。那时宦官擅权，佞臣当道，特务横行，党争酷烈，可以说政治环境非常黑暗。因而在文人中形成了一种反抗礼教的风气，提倡追求人的自然天性。在这种思潮的推动下，文人士子在对黑暗政局不满之余，纷纷追求个性解放：纵欲于声色，纵情于山水，最大限度地追求物质和精神的满足。

张岱出身明代的名门望族，年轻的时候住在"人间天堂"杭州，生活非常优裕富足。因此，含着金汤匙长大的他，非常懂得享受。他喜欢游山玩水，深谙园林布置之法；懂音乐，能弹琴制曲；善品茗，茶道工夫颇深；好收藏，具备非凡的鉴赏水平；精戏曲，编导评论追求至善至美。可以说，张岱早年的生活高雅清逸、休闲脱俗，在风花雪月、山水园林、亭台楼榭、花鸟鱼虫、文房四宝、书画丝竹、饮食茶道、古玩珍异、戏曲杂耍、博弈游冶之中，获得生活的意趣和艺术的诗情。正如他晚年在给自己写的《自为墓志铭》中提到的那样："少为纨绔子弟，极爱繁华。好精舍，好美婢，好娈童，好鲜衣，好美食，好骏马，好华灯，好烟火，好梨园，好鼓吹，好古董，好花鸟，兼以茶淫橘虐，书蠹诗魔……"他说自己年少的时候是一个纨绔子弟，非常爱好繁华奢侈，有很多很多喜欢的东西，比如喜欢住漂亮的房子，喜欢美丽的婢女和美少年，还喜欢华丽的衣裳，经常吃美食，骑骏马，家里装饰华丽的灯饰，爱观看烟火，喜欢梨园的生活，喜欢敲锣打鼓，爱好古董，喜欢种花养鸟，喜欢看雪白的手破开金黄的橘子，新绿的茶叶在白水中缓缓展开，喜欢跟朋友一起读书吟诗……这可真是极尽繁华热闹的生活啊！

然而张岱并不是不学无术的纨绔子弟，他博学多才，学富五车，一生笔耕不辍，写了40多种书，其中有一本叫作《夜航船》的书，内容简直就像今天的百科全书一般，包罗万象，共计二十大类，四千多条目。书中有一个著名的小故事，从中我们可以感受到张岱的审美趣味。

昔日有一僧人与一士子同宿夜航船。士子高谈阔论，僧畏慑，拳足而寝。僧人听其语有破绽，乃曰："请问相公，澹台灭明是一个人、两个人？"士子曰："是两个人。"僧曰："这等尧舜是一个人、两个人？"士子曰："自然是一个人！"僧乃笑曰："这等说来，且待小僧伸伸脚。"

意思是说，有一个和尚一天夜里乘船远游，身旁有一位读书人在同朋友高谈阔论，和尚十分敬畏，躺在床上缩成一团，生怕打扰到读书人。然而听着听着，和尚却发现这个读书人的观点漏洞重重，于是问这个书生："请问你知道澹台灭明是一个人还是两个人呢？"读书人一听是四个字的名字，就回答说是两个人。和尚又问："那尧舜是一个人还是两个人呢？""那自然是一个人啦。"读书人信誓旦旦地说。和尚哈哈大笑，刚才的敬畏之心烟消云散了，原来这个高谈阔论的读书人肚子里没有墨水啊！于是他说道："既然您这么说，那就让我伸伸脚睡觉吧！"

这样的小故事，读起来是不是十分生动有趣呢？

幸福的生活总是短暂的，到了张岱晚年，明朝灭亡，清兵入侵，国破家亡，风雨飘摇。张岱辛勤劳动忙碌了大半生，最后全部都成了泡影、成了梦幻。当张岱到了50岁的时候，明朝灭亡了，并且他也变得一无所有。后来他去山里隐居起来，所剩下的只有烂床、破茶几、坏的铜鼎、弹不了的琴，几本残旧不堪的书、一块坏损的砚而已。穿麻布衣吃素食，甚至经常没有饭吃。想想20年前的生活，简直就是两个世界。"功名耶落空，富贵耶如梦。忠臣耶怕痛，锄头耶怕重。"（《自题小像》）这便是张岱。当别人面对国破家亡的境地，或傲啸山林，或拼死抗争，或腆颜惜命的时候，他却不得不自嘲自己什么都做不了。失去家庭、事业和国家的三重打击，使得张岱的晚年生活在血泪之中。但无家可归的他在走投无路之时却没有自暴自弃，而是选择将毕生所见所闻都用清新通俗的笔调写成一篇篇优美生动的散文，让今天的我们有幸得以领略明代的风土人情。将过往经历的快乐故事和新奇见闻一一写在了书里，可是这样的生活却再也回不来了，50年过去，仿佛做了一场大梦一般，梦醒了，一切都化为乌有。因此，张岱才将他的两本散文集都以"梦"字命名。

　　本章为大家介绍的就是其中的一本——《陶庵梦忆》。《陶庵梦忆》共有8卷127篇，所写多是琐屑之事，涉及城市览胜、山川景物、风俗人情和文学艺术等各方面，其中超过一半描写的都是民俗节庆、民间游乐、市井众生、戏剧和茶食方物等。笔下人物有文艺界的名流，但更多的是活跃在城市里的商人、说书先生、手工艺者、花匠甚至艺妓、优伶等在古人看来不登大雅之堂的人物。但是张岱却用饱含深情的笔墨追忆这一切，书中虽多俗人俗事，读来却不觉其俗，反有超然出尘的韵味。

他在《陶庵梦忆》的序中，详细介绍了自己坎坷的人生经历，使人不忍卒读：

我自从国破家亡，就失去了可以居住的家，披头散发进入山中，变成了可怕的野人。亲戚朋友看到我，就像看到了毒药猛兽，愕然地望着，不敢与我接触。我写了哀悼自己的诗，每每想自杀，但因《石匮书》未写完，所以还苟且活在人间。然而存米的瓶子常常是空的，不能生火做饭。我这才懂得古时候的伯夷、叔齐竟至饿死，也不愿吃周朝的粮食，不是后人夸张、粉饰的话。

在饥寒交迫之余，我还喜欢写些文章。因此，想到以前生长在钟鸣鼎食的富贵人家，享受过豪华奢侈的生活，于是现在遭到这样的因果报应：以前享受过华美的鞋子和帽子，如今就报应我只能戴竹笠和草鞋；以前享受过华丽保暖的皮裘和衣服，现在就报应我只能穿打了补丁的粗麻布衣服；以前享用过美味的肉和精制的米饭，现在就报应我只能吃豆叶和粗粮；以前享受过温暖的床褥和柔软的枕头，现在就报应我只能枕着石块铺着草席；以前享受过干燥舒服的大房子和雕梁画栋的门窗，现在就报应我只能用绳子绑住门板，用打破的水罐作为窗框；以前享受过声色犬马的日子，现在就报应我只能生活在烟熏粪臭的环境里；以前出门享受着车马仆役的伺候，现在就报应我只能独自背着沉重的行囊艰难跋山涉水。

在枕上听到鸡叫声，纯洁清静的心境刚刚恢复。回想我的一生，繁华靡丽于转眼之间，已化为乌有，50年来，只不过是一场梦幻。现在自己应当从黄粱梦、南柯梦中醒来，这种日子应该怎样来受用？只能追想遥远的往事，一想到就写下来，拿到佛前一桩桩地来忏悔。所写的事，不按年月先后为次序，不用写年份；也不分门别类，以与《志林》相差别。偶尔拿出一则来看看，好像是在游览以前到过的地方，遇见以前的朋友，虽说城郭依旧，人民已非，但我还能自己开心一点。

……

张岱在这篇序中又一次提到了自己过往的经历真如一场梦一般，而他的梦境究竟有多么繁华美好呢？我们一起来领略一二吧！

张岱年轻的时候对美食非常有研究，不但喜欢吃，而且十分讲究。他在书中写道，自己喜欢吃各地的特产，但是不合时宜的不吃，不是上佳的食物不吃。比如：北京的一定要吃苹婆果、马牙松；山东的一定要吃羊肚菜、秋白梨、文官果、甜子；福建的一定要吃福橘、福橘饼、牛皮糖、红腐乳；江西的一定要吃青根、丰城脯；山西的一定要吃天花菜；苏州的一定要吃带骨鲍螺、山楂丁、山楂

古人的作文有多精彩

糕、松子糖、白圆、橄榄脯；嘉兴的一定要吃马鲛鱼脯、陶庄黄雀；南京的一定要吃套樱桃、桃门枣、地栗团、窝笋团、山楂糖；杭州的一定要吃西瓜、鸡豆子、花下藕、韭芽、玄笋、塘栖蜜橘；萧山的一定要吃杨梅、莼菜、鸠鸟、青鲫、方柿；诸暨的一定要吃香狸、樱桃、虎栗；临海的一定要吃枕头瓜；台州的一定要吃瓦楞蚶、江瑶柱；浦江的一定要吃火肉；东阳的一定要吃南枣；山阴的一定要吃破塘笋、谢橘、独山菱、河蟹、三江屯蛏、白蛤、江鱼、鲥鱼。而且不管多远，只要是自己想吃，就不惜时间去品尝，如不一一弄到手，绝不善罢甘休。读罢这些文字，是不是也让你垂涎欲滴、跃跃欲试呢？

张岱的故乡在杭州，西湖承载着他不可缺少的少年记忆。他在《陶庵梦忆》之中就有一篇《湖心亭看雪》，描绘了雪后西湖的幽远意境。

崇祯五年十二月，余住西湖。大雪三日，湖中人鸟声俱绝。是日更定矣，余挐（ná）一小舟，拥毳（cuì）衣炉火，独往湖心亭看雪。雾凇沆砀（hàng dàng），天与云与山与水，上下一白。湖上影子，惟长堤一痕、湖心亭一点、与余舟一芥、舟中人两三粒而已。

到亭上，有两人铺毡对坐，一童子烧酒炉正沸。见余，大喜曰："湖中焉得更有此人！"拉余同饮。余强饮三大白而别。问其姓氏，是金陵人，客此。及下船，舟子喃喃曰："莫说相公痴，更有痴似相公者！"

　　这篇文章是说：崇祯五年（公元1632年）十二月，我住在杭州西湖。大雪接连下了三天，湖中行人，飞鸟的声音都消失了。这一天晚上八点以后，我撑着一叶扁舟，穿着细毛皮衣，带着火炉，独自前往湖心亭观赏雪景。湖上冰花一片弥漫，天与云与山与水，浑然一体，白茫茫一片。湖上比较清晰的影子，只有淡淡的一道长堤痕迹，湖心亭的一点轮廓和我的一叶小舟，船上米粒大小的两三个人罢了。到了湖心亭上，有两个人铺着毡对坐，一个童子烧着酒，炉上的酒正在沸腾。那两个人看见我，十分惊喜地说："想不到湖中还会有这样的人！"于是拉着我一同喝酒。我勉强喝下三大杯后告辞。我问他们姓氏，他们回答我是金陵人，在此地客居。等到下船的时候，船夫喃喃自语地说："不要说先生你痴迷，还有像你一样痴迷的人呀！"
　　你看，雪后的西湖，天、云、山、水浑然一体，宛如仙境，三两个文人雅士泛舟湖上，温酒赏雪，多么令人向往的西湖雪景图啊！
　　书中还有一篇记载了杭州的胜景，那就是钱塘潮。

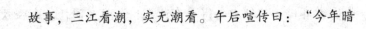
故事，三江看潮，实无潮看。午后喧传曰："今年暗

涨潮。"岁岁如之。

庚辰八月，吊朱恒岳少师至白洋，陈章侯、祁世培同席。海塘上呼看潮，余遄往，章侯、世培踵至。

立塘上，见潮头一线，从海宁而来，直奔塘上。稍近，则隐隐露白，如驱千百群小鹅擘翼惊飞。渐近，喷沫溅花，蹴起如百万雪狮，蔽江而下，怒雷鞭之，万首镞镞，无敢后先。再近，则飓风逼之，势欲拍岸而上。看者辟易，走避塘下。潮到塘，尽力一礴，水击射，溅起数丈，著面皆湿。旋卷而右，龟山一挡，轰怒非常，炮碎龙湫，半空雪舞。看之惊眩，坐半日，颜始定。

先辈言：浙江潮头，自龛、赭两山漱激而起。白洋在两山外，潮头更大，何耶？

这篇写得就更加生动形象啦！意思是说：按照旧例，我在三江镇看潮，其实没有潮水可以看。午后有人喧闹着传道："今年暗涨潮啊！"年年都像这样。明崇祯十三年（公元1640年）八月，我到白洋祭奠朱恒岳少师，与陈章侯、祁世培一起。海塘上有人呼喊着看潮，我和朋友迅速前往海塘去看。我站在岸上，远远地看见潮头像一条线，从海宁奔腾而来，一直到岸上。潮水稍稍靠近了一点，浪花就隐隐约约露出白色，像驱赶千百群小鹅张开翅膀拍水飞进。渐渐又靠近了一点，潮水喷出的泡沫溅起的水花，蹦跳起来像百万头雪狮，遮蔽了大江奔流而下，好像有怒雷鞭打它们一样，百万头雪狮攒聚在一起，没有一头敢落后，拼命争先。又靠近了一点，浪潮像飓风一样逼来，水势就像将要拍打着岸而涌上。看的人惊慌后退，跑着躲避到岸下。潮到岸上，尽力一撞，水花冲击射开，溅起几丈高的浪花，看潮人的脸都被打湿了。潮水迅速向右旋转翻滚，被白洋山一挡，潮水好像十分愤怒，水花四激，好像大炮把雁荡山瀑布打碎了，像漫天大雪在飞舞，看得人心惊目眩。我坐了好长时间，神色才恢复平静。先辈说：浙江潮头，从龛、赭两座山冲刷激荡而起。白洋山在这两座山之外，（但）潮头却更大，这是为什么呢？

你看，张岱笔下的钱塘潮水像小鹅、像雪狮、像飓风、像漫天飞舞的大雪，是不是令你感觉这几百年前的壮丽风景宛在眼前了呢？这就是张岱小品文的独特魅力啊。

张岱在《陶庵梦忆》里写道："人无癖，不可与交，以其无深情也；人无疵，不可与交，以其无真气也。"意思就是说，一个人如果没有酷爱的事，那就不可以做朋友；一个人如果没有缺点，那也不可以做朋友，因为只有有爱好有缺点的人，才是深情又真实的。有深情，有真气，有与众不同的个性，即使有癖好，有缺点，也是一个可爱的人，而张岱，正是这样一个人。

# 第十七章

# 穿越时空的生死之恋

## ——《牡丹亭》节选

在20世纪，有一位日本学者写了一本研究中国戏曲的书，书中写到，在中国有一位伟大的剧作家叫作汤显祖，而在西方同一时期有一位戏剧家叫作莎士比亚，汤显祖的诞生先于莎士比亚十年，两人又在同一年逝世，汤显祖和莎士比亚，是当时辉映东西方戏剧世界的两颗明星。这一章，我们就一起来认识一下明代这位杰出的戏剧家、文学家汤显祖和他的代表作《牡丹亭》。

汤显祖，字义仍，号海若、若士、清远道人，临川（今江西省抚州市）人。汤显祖出身于书香门第，天资聪慧，从小受家庭熏陶，勤奋好学，文才名声传遍乡里。他5岁时进家塾读书，12岁能作诗，13岁拜师学古文词，14岁便补了县诸生，21岁中了举人，34岁中进士，在南京做了多年的官。

然而到了明神宗万历十九年（公元1591年），他目睹官僚腐败，愤而给皇上写了奏疏，结果触怒了皇帝而被贬。在浙江做了五年知县，汤显祖政绩斐然，深受当地百姓的爱戴，却因为压制豪强触怒权贵而招致地方势力的反对，于万历二十六年（公元1598年）愤而弃官归乡。看到官场如此黑暗，汤显祖逐渐打消了出仕为官的念头，在家乡潜心于戏剧创作，他的代表作"玉茗堂四梦"就是在这时创作的。

"玉茗堂四梦"或称"临川四梦"，指的就是《还魂

古人的作文有多精彩

记》《紫钗记》《南柯记》和《邯郸记》，其中汤显祖最得意、影响最广的当数《还魂记》，又名《牡丹亭》，是他剧作的最高成就。这些剧作不但为中国人民所喜爱，而且已传播到英、日、德、俄等国家，被视为世界戏剧艺术的珍品。而汤显祖也成为中国古代继关汉卿之后的又一位伟大的戏剧家。

汤显祖的《牡丹亭》实在是太著名了，以至于有很多传说故事流传至今。汤显祖于万历十九年（公元1591年）被贬任徐闻典史时，看到徐闻县民风好斗人皆轻生，为了推广中原文明化土著之俗，他就联合知县熊敏捐俸银在徐闻县城西门塘畔创办了一所"贵生书院"，教民知书识礼，认识生命的重要性而化其轻生之俗。汤显祖将书院的12间教室，分别命名为审问、博学、慎思、明辨、笃行、格物、致知、诚意、正心、修身、齐家、治国。

汤显祖在教学上对弟子一视同仁，因材施教，诲人不倦。通过汤显祖的教育和宣传，徐闻文风渐盛，科举盛行。一直到明末徐闻连年旱灾，民食不果腹，但人人向学，仍出了15名举人。明清两代徐闻多次修缮贵生书院，后来汤显祖病逝的消息传至徐闻，徐闻县兴建了"汤公祠"，以此表达当地人民对他的崇敬和怀念。

而在贵生书院内有一口古井，被人们称作"梦泉"。相传，汤显祖被贬到徐闻任添注典史的时候，时值秋末，徐闻天气非常闷热，加上连年苦旱，住处又十分狭窄，汤显祖初来乍到，夜半三更，心浮气躁，喉干难忍，根本睡不着。他想找些水酒小酌消愁，可是屋里的水已经喝完了，于是，他披着衣服走出庭院，对着月色感慨万千。

忽然，汤显祖眼睛一亮，发现墙角有一口井，井上覆盖大石，顿觉稀奇，忙唤醒家童，合力揭开井盖，只见井泉清澈如许，泉面如镜，月轮坠于井中，气象独特。于是他酌来一瓢，一尝，泉水清纯甘洌，沁人肺腑。汤显祖连喝数瓢，非常痛快解暑。更神奇的是，这口泉水竟然像美酒一般醇厚，令汤显祖大醉。于是他返回竹床歇息，当夜他就做了一个神奇的梦，梦中故事闻所未闻，梦中人物传奇生动，竟一觉睡到翌日中午。醒来之后，汤显祖立刻搬来笔墨砚纸，把梦中情节一一记述下来，带在身边。六年以后，他辞官返乡，在书斋玉茗堂中翻出了当年的笔记，立刻润色加工，就写成了惊世骇俗的《牡丹亭》。后人觉得这口井神奇，遂命名为"梦泉"。

《牡丹亭》是汤显祖最爱的作品，他曾言："吾一生四梦，得意处唯在《牡丹》。"全剧共计五十五出，每一出都为后面的剧情提供了暗示。《牡丹亭》不仅讴歌了人性，同时也用另一种独特的方式抨击了当时大行其道的"存天理，灭人欲"的程朱理学。剧本推出之时，便一举超过了另一部古代爱情故事《西厢记》。据记载："《牡丹亭梦》一出，家传户诵，几令《西厢》减价。"该剧在封建礼教制度森严的古代中国一经上演，就受到民众的欢迎，特别是感情受压抑的妇女。有记载说，当时有少女读其剧作后深为感动，以至于"忿恸而死"，甚至杭州有女伶演到"寻梦"一出戏时感情激动，卒于台上。

传说当时有一位女子叫作俞二娘，她就是汤显祖的"超级粉丝"。明朝有个文人叫张大复，他在自己的《梅花草堂笔谈》里记载："娄江女子俞二娘，秀慧能文词，未有所适。酷嗜《牡丹亭》传奇，蝇头细字，批注其侧。幽思苦韵，有痛于本词者……"俞二娘在读了《牡丹亭》以后，用蝇头小楷在剧本间做了许多批注，深感自己不如意的命运也像杜丽娘一样，终日郁郁寡欢，最后"断肠而死"。临终前从松开的纤手中滑落的，正是《牡丹亭》的初版戏本，而且"饱研丹砂，密圈旁注，往往自写所见，出人意表"。汤显祖得知消息后，挥笔写下《哭娄江女子二首》："画烛摇金阁，真珠泣绣窗。如何伤此曲，偏只在娄江。何自为情死，悲伤必有神。一时文字业，天下有心人。"

读到这里，你是不是特别好奇在当时造成这般轰动传奇的作品究竟讲了一个怎样动人的故事呢？让我们一起来读一读《牡丹亭》吧！

《牡丹亭》讲述了这样一个传奇曲折的爱情故事：

南宋时期的南安太守杜宝只生一女，取名丽娘，年16岁，尚未许配。杜宝为了使女儿成为知书达理的女中楷模，为她请了位年已60的老秀才陈最良。陈老师教杜丽娘学"关关雎鸠，在河之洲，窈窕淑女，君子好逑"，惹动了丽娘的情思。伴读的小丫鬟春香，偶尔发现了杜府后的花园，并引领丽娘偷偷游了花园。久困闺房的丽娘，在大好春光的感召下，动了访春之情。丽娘回屋后，忽做一梦，梦见一书生手拿柳枝要她题诗，后被那书生抱到牡丹亭畔，共成云雨之欢。丽娘醒来后，恹恹思睡，第二天又去花园，寻找梦境里的书生。可是书生怎么可能出现呢，她失望之下竟然相思成病，形容日渐消瘦下去。

一天，照镜子时，杜丽娘见自己一下瘦成那个样子，忙叫春香拿来丹青、素绢，把自己美好的容颜画了下来，并题诗一首。她又把梦境说给春香听，并让春香把自己的画像叫裱画匠裱好。杜宝夫妇听说女儿病重，忙叫陈最良用药，让石道姑来念经，但都不见效。中秋之夜，丽娘病逝。死前，丽娘嘱咐春香把她的那幅画像装在紫檀木匣里，藏于花园太湖山石下，又嘱母亲把她葬在花园牡丹亭边的梅树之下。

这时，投降了金国的贼王李全，领兵围攻淮扬，朝廷升杜宝为淮扬安抚使，让他立即动身前去打仗。杜宝只得匆匆埋葬了女儿，并造了一座梅花庵供奉丽娘神位，又嘱托石道姑和陈最良照料。然后杜宝带夫人和春香前往淮安，因军事危急，半路上杜宝让夫人和春香乘船回了临安。

广州府有一位秀才叫作柳梦梅，原来他并不叫这个名字，只因一天梦见一花园中，有一女子立在梅树下，说她与他有姻缘，才改名柳梦梅。柳梦梅去临安考试，得到苗舜宾的援助。走到南安时，柳梦梅生病住在梅花庵。柳梦梅病渐好时偶游花园，恰在太湖石边，拾到装着丽娘画像的匣子，回到书房，把那幅画挂在床头前，夜夜烧香拜祝。

丽娘在阴间里一过三年，阎王发付鬼魂时，查得丽娘阳寿未尽，令其自己回家。丽娘鬼魂游到梅花庵里，恰遇柳生正在对着自己的画像拜求。丽娘大受感动，与柳生见面，自称是西邻之女。他们两人的夜夜说笑声惊动了石道姑。一天夜里两人正说笑，被突然来的石道姑冲散。第二天夜里，丽娘只好向柳生说出真情，并求柳生三天之内挖坟开棺。柳生只好把实情告诉了石道姑，并求她帮助。第二天，他们挖坟开棺，使丽娘还魂。道姑怕柳生与杜丽娘事情被发觉，当夜雇船，三人一道去了临安。

陈最良发现丽娘坟被盗，忙去扬州告诉杜宝。陈最良还没到淮安就被叛军俘获，李全听说陈最良是杜家的家塾老师，又得知杜宝还有夫人和春香，就听从妻子的计策，谎说已杀了杜夫人和春香，然后放了陈最良。陈到淮安见了杜宝，即把小姐坟被盗，老夫人、春香被杀的事禀知杜宝，杜宝听后非常难过。之后杜宝忍痛写了两封信，让陈最良送给李全和他的妻子，封官许钱招降了李全，淮安之围终于解开。

柳梦梅和杜丽娘他们到了临安，在钱塘江边住下，结果柳梦梅错过了考试时间，多亏主考官是苗舜宾，才得以补考。因为淮扬在打仗耽误了朝廷放榜，丽娘就让柳生先去扬州看望她父母。柳梦梅走后不久，来临安的老夫人和春香因天晚找宿处恰与丽娘、石道姑相遇。柳生到了扬州，听说杜宝在淮安，又去淮安见杜宝。杜宝认为女儿已死，哪里可能有女婿，就以柳生假冒的罪名，令人拿下押往临安候审。

杜宝回到临安，因军功升为宰相，陈最良升为黄门奏事官。这时科考榜发下，柳梦梅中了状元，可到处找不着他。原来柳梦梅正被杜宝吊打，因为在柳身上搜出了丽娘的画像，杜宝认为柳是盗墓贼。这时，苗舜宾听说后，赶到杜府，救下了柳生。苗告诉杜宝，柳生已考中状元。杜正气恼时，陈最良来到，说小姐确实又活了，柳生就是女婿。杜认为是妖怪作祟，请奏皇上灭除此事。陈把此事告诉皇上，皇上要宰相、小姐、柳生、老夫人都前来对证。金銮殿里，众人齐到，皇上用镜子照看有无影子，断定丽

古人的作文有多精彩

娘确实是活人。杜宝硬说丽娘、老夫人都是鬼魂所变的，后经皇上裁决让他们父女、夫妻相认。皇帝感慨二人的旷世奇缘，于是赐婚使杜丽娘和柳梦梅二人终成眷属。

　　读完整个故事梗概，你是不是也会深深感慨杜丽娘、柳梦梅二人的爱情曲折离奇，深深敬佩汤显祖的想象力呢？而《牡丹亭》不仅仅是故事引人入胜，汤显祖的文笔也非常优美，我们一起来欣赏其中的一个片段吧！

【醉扶归】

　　（旦）你道翠生生出落的裙衫儿茜，艳晶晶花簪八宝填，可知我常一生儿爱好是天然。恰三春好处无人见。不提防沉鱼落雁鸟惊喧，则怕的羞花闭月花愁颤。……画廊金粉半零星，池馆苍苔一片青。踏草怕泥新绣袜，惜花疼煞小金铃。

　　（旦）不到园林，怎知春色如许？

【皂罗袍】

　　原来姹紫嫣红开遍，似这般都付与断井颓垣。良辰美景奈何天，赏心乐事谁家院！……朝飞暮卷，云霞翠轩；雨丝风片，烟波画船——锦屏人忒看的这韶光贱！

　　这一段就出自杜丽娘在小丫鬟春香的帮助下来到后花园游玩的情节，这两支曲子都是她的独白，是不是像唐诗宋词一样语言优美动人呢？而其中的"原来姹紫嫣红开遍，似这般都付与断井颓垣。良辰美景奈何天，赏心乐事谁家院"几句，也成为广为流传的千古名句。以至于在《红楼梦》里，林黛玉听到这几句唱词，也不禁感动落泪。

《牡丹亭》通过一个死后还魂的传奇故事，赞颂了勇敢追求爱情和自由的年轻男女，歌颂了人间最美的真情。正如汤显祖在全剧的《题词》中有言："如杜丽娘者，乃可谓之有情人耳。情不知所起，一往而深。生者可以死，死亦可生。生而不可与死，死而不可复生者，皆非情之至也。"牡丹亭这段生死之恋，也穿越了百年时空，感动着一代又一代的读者。现在，牡丹亭的故事也被改编成了戏曲、电影、电视剧等，如果你感兴趣的话，快去找来一饱眼福吧！

# 第十八章

# 料应厌作人间语，
## 爱听秋坟鬼唱诗

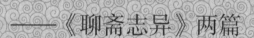

### ——《聊斋志异》两篇

现在，我们来到了中国封建社会最末的一个朝代——清代。本章要介绍的这位文学家，曾被清代王士禛称为"姑妄言之姑听之，豆棚瓜架雨如丝。料应厌作人间语，爱听秋坟鬼唱诗"。他就是蒲松龄，著有代表作《聊斋志异》。

　　《聊斋志异》简称《聊斋》，俗名《鬼狐传》，是蒲松龄创作的文言短篇小说集。《聊斋志异》的意思是在书房里记录奇异的故事。全书共有短篇小说近500篇，题材广泛，内容丰富，有极高的艺术成就。作品成功地塑造了众多的艺术典型，人物形象鲜明生动，故事情节曲折离奇，堪称中国文言短篇小说的巅峰之作。

　　蒲松龄，字留仙，一字剑臣，号柳泉居士，世称"聊斋先生"，淄川（今山东省淄博市）人，清代著名文学家。

　　蒲松龄出身于一个没落的书香家庭，他的父亲蒲盘虽弃学经商，但是广读经史，学识渊博。蒲松龄19岁时，以县、府、道三个第一考取秀才，颇有文名，但以后屡试不中。31岁时，蒲松龄应同邑进士新任宝应知县、好友孙蕙邀请，到江苏扬州府宝应县做幕宾。这是他一生中唯一的一次离乡南游，对其文学创作具有重要意义。南方的自然山水、风俗民情，官场的腐败、人民的痛苦，都让他印象深刻。

　　传说有一天，蒲松龄乘船外出，同船有一位木匠、一位农夫和一位当官的。那个当官的其实是一个贪官，可他还喜欢在人前摆架子，上船后，自以为有才，提出要对诗，谁对不上来，就要替大家付船钱。说完，那当官的就抢先吟出一首："三字同头官宦家，三字同旁绫缎纱。若非朝廷官宦家，谁人能穿绫缎纱？"吟完后得意扬扬地看着大家。木匠一点也看不惯那当官的模样，他接口吟道："三字同头庙廊库，三字同旁檩椽柱。如果要修庙廊库，怎能离了檩椽柱？"船夫也很不齿那当官所为，吟道："三字同头大丈夫，三字同旁江海湖。不是男人大丈夫，何人能识江海湖？"农夫一旁更是怒火中烧，他直接骂道："三字同头屎尿屁，三字同旁稻秫稷。畜生吃了稻秫稷，当众拉出屎尿屁。"蒲松龄也接口痛快淋漓地骂道："三字同头哭骂咒，三字同旁狼狐狗。百姓声声哭骂咒，只因当道狼狐狗。"那贪官听完，脸上红一阵白一阵，十分懊丧，只好乖乖地给大家出了船钱，船一靠岸急忙灰溜溜地跑了。

蒲松龄一生热衷科举，却不得志，71岁时才援例成为贡生，因此，对科举制度的不合理深有体会。他自幼喜欢民间文学，广泛收集精怪鬼魅的奇闻逸事，吸取创作营养，熔铸进自己的生活体验，创作出杰出的文言短篇小说集《聊斋志异》。以花妖狐魅的幻想故事，反映现实生活，寄托了作者的理想。而蒲松龄一生科举不中的原因，也一直被后人猜测，因此有很多传说流传至今。

清顺治年间，顺治帝想更好地笼络人心，运用"以汉治汉"战略，拟采纳一般汉臣的主意，开科取士，特别授意致仕老臣范文程，在京城开了家文昌客栈。客栈贴出巨大的告示，声言凡来住宿者，只要能对出店主下联，吃饭、住宿均不收钱，还奉送十两纹银，意在暗中发现人才。蒲松龄来到文昌店，一来想刹店主的狂傲，二来也想赚几两纹银糊口。

他到客栈时，正值天降大雨。店内范老先生见蒲松龄进门，就张口出联："大雨挡行人，谁做相公之主？"蒲松龄放下雨伞，抱拳作揖："苍天欲留客，君为在下的东。"范老先生微笑点头，遂摆下酒席，给蒲松龄接风。

蒲松龄喝酒是海量，一直喝到天黑，居然不显醉意。这时，恰好范老先生的表弟从重庆来访表兄，范即出对："表弟非表兄表子。"蒲松龄抹抹嘴："丈人是丈母丈夫。"范文程紧续一联："千里为重，重山重水重庆府。"蒲松龄紧斟一杯接上："一人成大，大邦大国大明君。"

双方一递一对之间，外面传来了三声梆子响，范文程想提前告辞："听谯楼，叮咚已到三更三点。"蒲松龄酒兴正浓，高举酒杯："猜几码，咕叽正好一口一杯。"散席后，店小二用灯笼送蒲松龄回房歇息，范见灯笼光线暗，立撰一联："旧纸黑灯笼，火星照明。"蒲松龄打个饱嗝，手指范文程头上的道冠："白头乌道冠，太岁当前。"范文程哑口无言，只好互道晚安。

第二天一早，蒲松龄向范文程辞别，范文程取出纹银十两仍不甘心，又吟一联："搜尽床头，只剩纹银十两。"蒲松龄心中畅快，索性嘲谑一句；"看清戥子，只怕还差三分。"范文程把银子丢给蒲松龄，两手一挥："如此恶客，快去快去。"蒲松龄双拳一抱："这样贤东，再来再来。"

蒲松龄高高兴兴地打道回府，哪曾想，范文程却向顺治帝告他"恃才疏狂"，理由就是那"大邦大国大明君"。顺治帝本想把蒲松龄下狱，碍于联对之间，口说无凭，便口出圣旨："永不录用。"于是，蒲松龄虽才华横溢，却也终生不曾金榜题名。

关于蒲松龄是如何创作出令世人惊叹的《聊斋志异》的，也有很多有趣的故事。话说康熙初年的一个盛夏，在山东淄川东城的满井庄大路口上，每天当金鸡唱晓、炊烟四起之后，经常可以看到在路旁一棵大树底下，蒲松龄穿着粗布短衫坐在芦席上，身边放着一个装满浓茶的大瓶子，那茶瓶小口大肚，瓶边放有四五只粗瓷大碗和一包当地出产的烟丝。

每当有行人路过的时候，蒲松龄就站起身来，热情地邀对方坐下，喝茶休息。蒲松龄有个规矩，喝茶不收茶钱，喝茶人只要讲一讲自己的所见所闻。于是来往行人都喜欢在这个茶摊歇脚聊天，说着各种奇闻逸事，讲得口渴了，蒲松龄马上又献上一碗茶，让人润润嗓子继续把故事讲完。

有一个白发苍苍的驼背老人，见多识广，蒲松龄对他彬彬有礼，毕恭毕敬地请老人讲他所知道的奇闻逸事。老人一边喝着茶一边抽着烟，说了个"马骥飘海到罗刹国"的故事，蒲松龄听得入神，回去就写了"花面相迎，世情如鬼"的《罗刹海市》。他就这样收集一篇写一篇，日积月累，终于写成了容纳百川的《聊斋志异》。

有一天，一个身背包袱的中年人风尘仆仆地来到茶摊前，蒲松龄请他坐下，一边倒上浓茶，一边笑着说："你得讲个故事给我听听。"中年人说："我给你讲个茶的故事吧。"于是中年人开始绘声绘色地讲了起来。

说杭州灵隐寺有个和尚，以善于烹茶而遐迩闻名，他所用的茶具都十分精致，收藏的名茶也很多，而且分出好几个等次。烹献哪一等级的茶，常常根据来客身份的高低而定，最上等的名茶，如果不是贵客或善于品茶的知己，他是绝对不会拿出来的。

有一天，寺里来了一位大官，和尚恭恭敬敬地迎上去行礼，然后拿出好茶，亲自汲泉烹茶，献给大官品饮，满以为能得到大官的一番赞誉。谁知大官只喝茶一句话也没说，和尚非常疑惑，又拿出了家里最上等的名茶沏好给大官奉上，茶快喝完了，那大官还是没有一句称赞的话。和尚急得再也等不下去了，鞠躬问道："大人觉得这茶怎么样？"大官拿起茶杯拱了拱手说："很烫！"

蒲松龄一听哈哈大笑，说："刚才一位客人说了一个鸽子的故事。一个叫张幼量的鸽子迷，四处搜罗各个品种的名鸽，像母亲哺育婴儿一样喂养鸽子。有位大官想要鸽子，张幼量见他是父亲的好朋友，便选了两只最珍贵的白鸽送去。过了几天，张幼量见到大官忍不住问起鸽子，大官说：'挺肥美的，煮着吃了。'张幼量懊悔不已。我听你说的故事与张幼量赠鸽给大官，是同一性质的笑话。"

　　到了晚上，蒲松龄坐在灯下，细细品味白天所听到的故事，便加工成篇，写成了《鸽异》。蒲松龄在村口大路旁设茶摊"搜奇索异"，捕捉到写书的素材，这样特别的写作故事一直流传至今。

　　《聊斋志异》中很多故事我们都很熟悉，像画皮、小倩、婴宁等，经常出现在影视作品当中。下面为大家介绍其他的两篇小故事，从中我们能读出蒲松龄的智慧。

　　第一个故事叫作《骂鸭》：

　　西边的一个叫白家庄的县里有个居民，偷了邻居的鸭煮来吃。到了夜里，觉得全身的皮肤刺痒难耐。等到天亮一看，原来浑身长出了毛茸茸的鸭毛，碰到就疼。这个人吓坏了，可是这种怪病找不到医生可以医治。有一天夜里，他做了梦，梦中有个人告诉他："你的病是老天爷给你的惩罚，需要让失主痛骂你一顿，鸭毛才会脱落。"可是邻居老人一向宽厚，平常损失东西，也从不表现于声色。于是，这个偷鸭的人就欺骗老人说："您的鸭被一个人偷走，因为他最怕人骂，您骂他一顿，也可警告他以后不可再偷。"结果，老人笑着说："谁有闲气去骂那些恶人呢？"最终没有骂。这个人感到更加难堪，只好把实情告诉老人。于是，老人才痛骂了他一顿，这个人的病很快好了。

这个小故事是不是非常离奇有趣呢？从中蒲松龄也教会了我们不要贪小便宜的道理。

第二个故事就更加神奇了，叫作《崂山道士》：

县里有个姓王的书生，排行第七，是官宦之家的子弟，从小就羡慕道术。他听说崂山上仙人很多，就背上行李，前去寻仙访道。

他登上一座山顶，看见一所道观，环境非常幽静。有一个道士坐在蒲团上，满头白发披肩，两眼奕奕有神。王生上前行礼并与他交谈起来，觉得道士讲的道理非常玄妙，便请求道士收他为徒。道士说："恐怕你娇气懒惰惯了，不能吃苦。"王生回答说："我能吃苦。"

道士的徒弟很多，傍晚的时候都集拢来了。王生一一向他们行过见面礼，就留在道观中。

第二天凌晨，道士把王生叫去，交给他一把斧头，让他随众道徒一起去砍柴。王生恭恭敬敬地答应了。过了一个月，王生的手脚都磨出了厚厚的老茧，他再也忍受不了这样的苦累，暗暗产生了回家的念头。

有一天傍晚，他回到观里，看见两个客人与师父共坐饮酒。天已经晚了，还没有点上蜡烛。师父就剪了一张像镜子形状的纸，贴在墙了。一会儿，那纸变成一轮明月照亮室内，光芒四射。各位弟子都在周围奔走侍候。

一个客人说："良宵美景，其乐无穷，不能不共同享受。"于是，从桌上拿起酒壶，把酒分赏给众弟子，并且嘱咐可以尽情地畅饮。王生心里想，七八个人，一壶酒怎么能够喝？于是，各人寻杯觅碗，争先抢喝，唯恐壶里的酒干了。然而众人往来不断地倒，那壶里的酒竟一点儿也不少，王生心里非常纳闷。

过了一会儿，一位客人说："承蒙赐给我们月光来照明，但这样饮酒还是有些寂寞，为什么不叫嫦娥来呢？"于是就把筷子向月亮中扔去。只见一个美女，从月光中飘出，起初不到一尺，等落到地上，便和平常人一样了。她扭动纤细的腰身、秀美的颈项，翩翩地跳起"霓裳舞"。接着唱道："神仙啊，你回到人间，而为什么把我幽禁在广寒宫！"那歌声清脆悠扬，美妙如同吹奏箫管。唱完歌后，盘旋着飘然而起，跳到了桌子上，大家惊奇地观望之间，已还原为筷子。师父与两位客人开怀大笑。

又一位客人说："今晚最高兴了，然而我已经快喝醉了，两位陪伴我到月宫里喝杯饯行酒好吗？"于是三人移动席位，渐渐进入月宫中。众弟子仰望三个人坐在月宫中饮酒，胡须眉毛全都看得清清楚楚，就像人照在镜子里的影子一样。

　　过了一会儿，月亮的光渐渐暗淡下来，弟子点上蜡烛，只见道士独自坐在那里，而客人已不知去向。桌子上菜肴果核还残存在那里。那墙上的月亮，只不过是一张像镜子一样的圆的纸罢了。道士问众弟子："喝够了吗？"大家回答说："够了。"道士说："喝够了就早去睡觉，不要耽误了明天打柴。"众弟子答应着退了出去。王生心里惊喜羡慕，回家的念头随即打消了。

　　又过了一个月，王生实在忍受不了这种苦累，而道士还是连一个法术也不传授给他，他心里实在憋不住，就向道士辞行说："弟子不远数百里来拜仙师学习，即使不能得到长生不老的法术，若能学习点小法术，也可安慰我求教的心情。如今过了两三个月，不过早上出去打柴，晚上回来睡觉。弟子在家中，从没吃过这种苦。"道士笑着说："我本来就说你不能吃苦，现在果然如此。明天早晨就送你回去。"王生说："弟子在这里劳作了多日，请师父稍微教我一点儿小法术，我这次来也算没白跑一趟。"道士问："你要学点什么法术？"王生说："平常我见师父所到之处，墙壁也不能阻挡，只要能学到这个法术，我就知足了。"道士笑着答应了。于是就传授他秘诀，让他自己念完了，道士大声说："进墙去！"王生面对着墙不敢进去。道士又说:"你试着往里走。"王生就从容地向前走,到了墙跟前,被墙挡住。道士说:"低头猛进,不要犹豫!"王生果然离开墙数步,奔跑着冲过去,过墙时,像空虚无物;回头一看,身子果然在墙外了。王生非常高兴,回去拜谢了师父。道士说:"回去后要洁持自爱,否则法术就不灵验。"于是就给他一些路费,打发他回去了。

王生回到家里,夸耀遇到了仙道,坚固的墙壁也不能阻挡他。他的妻子不相信,王生便仿效起那天的一举一动,离墙数尺,奔跑着冲去,头撞到坚硬的墙上,猛然跌倒在地。妻子扶起他来一看,额头上鼓起大包,像个大鸡蛋一样。妻子讥笑他,王生又惭愧又气愤,骂老道士没安好心。

这样一个生动有趣的小故事听完,你有没有什么体悟呢?蒲松龄想告诉我们的道理在文章的末尾写出来了,他说:听到此事,没有不大笑的。可是像王生这样的人,世上也不少。现在有一个卑鄙无聊的家伙,喜欢嗜欲,得了病,却怕用药。接着有吮痈舐痔的人,进来告诉他有治病的法术,来迎合他的意思,骗他说:"拿了这个法术去,可以百病治愈。"当初试验了一下,效果不错,于是认为天下的事都可以这样行了。看来,他们不到撞墙壁而疼痛时,是不能停止的。你看,《聊斋志异》可不仅仅是一本鬼故事书,它能教会我们很多做人的道理呢。这实在是一本生动有趣又发人深省的好书。

# 第十九章

# 中国古典小说的巅峰之作

## ——《红楼梦》节选

这一章我们要以中国历史上最伟大的一部古典小说作为全书的结尾，它是中国古典四大名著之首，流传以来至今一直被改编成各种影视作品。这本书就是《红楼梦》。

　　《红楼梦》是清代作家曹雪芹创作的章回体长篇小说，又名《石头记》《金玉缘》。《红楼梦》是一部具有世界影响力的小说，是中国封建社会的百科全书。小说以贾、史、王、薛四大家族的兴衰为背景，以贾府的家庭琐事、闺阁闲情为脉络，以贾宝玉、林黛玉、薛宝钗的爱情婚姻故事为主线，刻画了以贾宝玉和金陵十二钗为中心的正邪两派有情人的人性美和悲剧美。通过家族悲剧、女儿悲剧及主人公的人生悲剧，揭示出封建末世危机。

　　鲁迅先生曾评论《红楼梦》说："至于说到《红楼梦》的价值，可是在中国底小说中实在是不可多得的。其要点在敢于如实描写，并无讳饰，和从前的小说叙好人完全是好，坏人完全是坏的，大不相同，所以其中所叙的人物，都是真的人物。"总之自有《红楼梦》以后，传统的思想和写法都打破了。也正因为《红楼梦》非凡的艺术成就，围绕《红楼梦》的品读研究形成了专门的学问——红学。

　　我们知道，如果一个作者想要描写一个故事，一定要对这个故事的背景、年代、阶层等各方面都有充分的了解。《红楼梦》也是如此，能够将封建社会末期各个阶层的人物和世情都刻画得入木三分，与作者曹雪芹的人生经历是分不开的。那么，我们就先来认识一下曹雪芹吧。

曹雪芹，名沾，字梦阮，号雪芹，又号芹溪、芹圃。他素性放达，爱好广泛，对金石、诗书、绘画、园林、中医、织补、工艺、饮食等均有研究。他的名字"雪芹"二字出自苏轼的诗《东坡八首》之三："泥芹有宿根，一寸嗟独在；雪芹何时动，春鸠行可脍。"

曹雪芹的曾祖母孙氏做过康熙帝的保姆，祖父曹寅做过康熙帝的伴读和御前侍卫，后任江宁织造，兼任两淮巡盐监察御史。在康熙、雍正两朝，曹家祖孙三代四个人主政江宁织造达58年，家世显赫，有权有势，极富极贵，成为当时南京第一豪门，天下推为望族。康熙六下江南，曹寅接驾四次。

正如曹雪芹在《红楼梦》开头介绍通灵宝玉的来历时所说的那样，美玉托赖天恩祖德，在昌明隆盛之邦，诗礼簪缨之族，花柳繁华地，温柔富贵乡享受了一段锦衣纨绔、富贵风流的生活，而这也正是曹雪芹少年生活的真实写照。

后来，曹雪芹的父亲以"行为不端""骚扰驿站"和"亏空"等罪名，被人参奏，革职抄家。次年曹家从南京迁回北京，曹家从此一蹶不振，日渐衰微。曹雪芹晚年流落到北京西郊，生活十分穷困，靠朋友接济和卖画维持生计。他性格豪放，喜欢饮酒，多才多艺，工诗善画。他有骨气，孤傲不屈，疾恶如仇。直至晚年，友人敦诚《寄怀

曹雪芹（沾）》还在安慰他："劝君莫弹食客铗，劝君莫
叩富儿门。残羹冷炙有德色，不如著书黄叶村。"意思是
因为罪臣的后代身份，曹雪芹的个人奋斗遭遇艰难险阻，
敦诚劝他知难而退，专心著书。曹雪芹亦不负所望，在隐
居西山的十多年间，以坚韧不拔的毅力，将旧作《风月宝
鉴》"披阅十载，增删五次"，写成了巨著《红楼梦》。
曹雪芹在写书期间经历了巨大的困难，正如他的朋友在
《红楼梦》里的题诗说的那样：

> 浮生着甚苦奔忙，盛席华筵终散场。
> 悲喜千般同幻渺，古今一梦尽荒唐。
> 谩言红袖啼痕重，更有情痴抱恨长。
> 字字看来皆是血，十年辛苦不寻常。

　　《红楼梦》全书总共一百二十回，现在的普遍观点
认为，曹雪芹的原著只流传下来了八十回，后四十回是高
鹗续作的。关于后四十回为什么丢失不见，以及高鹗续书
的原因，还有一段传说故事。在曹雪芹晚年的一个中秋节
前，他唯一的儿子得了重病，到中秋那天就死了。曹雪芹
非常悲痛，他的朋友鄂比时常到他家劝解他也没有效果。
他喝酒喝得更厉害，不久自己也病了。到了快过年的时
候，他的病越来越重，鄂比去看他，劝他好好养病。曹雪

芹对鄂比说："我这病是治不了啦，怕过不了初一。我唯一的心愿就是请你把那部书帮我传出去！"结果，到除夕那天曹雪芹就病死了。他去世之后，他的妻子手足无措，终日流泪，想到曹雪芹生前对自己非常照顾，他死后也要给他烧一些纸钱。于是她就找把剪子拿起桌上整叠的纸剪了许多纸钱给曹雪芹烧了，然而不识字的她并不知道那些纸上的字写的是什么。

　　到了曹雪芹出殡那天，他的朋友们送葬回来后，鄂比看到沿路的纸钱上一面有字，拾起来一看，竟然是《红楼梦》的底稿。鄂比连忙沿路捡，捡起一大堆纸钱，回到曹雪芹家一看，原来是《红楼梦》后四十回的稿子。他又在桌屉里发现包好了的前八十回的原稿和一百二十回的目录。因为鄂比看过后四十回，一直想要补全它，可惜自己的文才不够好，写了好几年也没续成。鄂比有个过继的儿子，从小就聪明伶俐、饱读诗书，看到他的父亲终日为这件事忧虑，便发誓长大后一定要帮父亲完成心愿。于是他更加勤奋努力学习，终于在很多年以后续完了《红楼梦》的后四十回，而这个小孩的名字就叫高鹗。

　　下面为大家节选一段宝黛读西厢的经典片段，一起来欣赏一下曹公描写人物的精妙吧！

　　　　那日正当三月中浣，早饭后，宝玉携了一套《会真

古人的作文有多精彩

记》，走到沁芳闸桥那边桃花底下一块石上坐着，展开《会真记》，从头细看。正看到"落红成阵"，只见一阵风过，树上桃花吹下一大斗来，落得满身满书满地皆是花片。宝玉要抖将下来，恐怕脚步践踏了，只得兜了那花瓣，来至池边，抖在池内。那花瓣浮在水面，飘飘荡荡，竟流出沁芳闸去了。

回来只见地下还有许多花瓣，宝玉正踟蹰间，只听背后有人说道："你在这里做什么？"宝玉一回头，却是林黛玉来了：肩上担着花锄，花锄上挂着纱囊，手内拿着花帚。宝玉笑道："好，好，来把这个花扫起来，撂在那水里去罢。我才撂了好些在那里呢。"黛玉道："撂在水里不好。你看这里的水干净，只一流出去，有人家的地方什么没有？仍旧把花遭塌了。那畸角上我有一个花冢，如今把他扫了，装在这绢袋里，埋在那里，日久随土化了，岂不干净。"

宝玉听了，喜不自禁，笑道："待我放下书，帮你来收拾。"黛玉道："什么书？"宝玉见问，慌的藏之不迭，便说道："不过是《中庸》《大学》。"黛玉道："你又在我跟前弄鬼。趁早儿给我瞧瞧，好多着呢。"宝玉道："妹妹，要论你，我是不怕的。你看了，好歹别告诉别人。真正这是好文章！你若看了，连饭也不想吃呢。"一面说，一面递了过去。黛玉把花具放下，接书来瞧，从头看去，越看越爱，不顿饭时，将十六出俱已看完。但觉词句警人，余香满口。虽看完了，却只管出神，心内还默默记诵。宝玉笑道："妹妹，你说好不好？"林黛玉笑道："果然有趣。"宝玉笑道："我就是个'多愁多病的身'，你就是那'倾国倾城的貌'。"林黛玉听了，不觉带腮连耳通红，登时竖起两道似蹙非蹙的眉，瞪了两只似睁非睁的眼，桃腮带怒，薄面含嗔，指着宝玉道："你这该死的胡说！好好的，把这淫词艳曲弄了来，说这些混账话来欺负我。我告诉舅舅、舅母去！"说到"欺负"二字，就把眼圈儿红了，转身就走。

宝玉着了忙，向前拦住道："好妹妹，千万饶我这一遭，原是我说错了。若有心欺负你，明儿我掉在池子里，叫个癞头鼋吃了去，变个大忘八，等你明儿做了'一品夫人'病老归西的时候，我往你坟上替你驮一辈子碑去。"说的林黛玉"扑嗤"的一声笑了，一面揉着眼，一面笑道："一般唬的这么个调儿，还只管胡说。呸，原来也是个'银样蜡枪头'。"宝玉听了，笑道："你说说，你这个呢？我也告诉去。"林黛玉笑道："你说你会'过目成诵'，难道我就不能'一目十行'么？"宝玉一面收书，一面笑道："正经快把花儿埋了罢，别提那些个了。"二人便收拾落花。

正才掩埋妥协，只见袭人走来，说道："那里没找到？摸在这里来。那边大老爷身上不好，姑娘们都过去请

古人的作文有多精彩

安，老太太叫打发你去呢，快回去换衣服罢。"宝玉听了，忙拿了书，别了黛玉，同袭人回房换衣不提。

这里林黛玉见宝玉去了，听见众姐妹也不在房中，自己闷闷的。正欲回房，刚走到梨香院墙角外，只听见墙内笛韵悠扬，歌声婉转，林黛玉便知是那十二个女孩子演习戏文。虽未留心去听，偶然两句吹到耳内，明明白白一字不落道："原来是姹紫嫣红开遍，似这般，都付与断井颓垣。"林黛玉听了，倒也十分感慨缠绵，便止步侧耳细听，又唱道是："良辰美景奈何天，赏心乐事谁家院？"听了这两句，不觉点头自叹，心下自思："原来戏上也有好文章！可惜世人只知看戏，未必能领略其中的趣味。"想毕，又后悔不该胡想，耽误了听曲子。再听时，恰唱到："只为你如花美眷，似水流年……"黛玉听了这两句，不觉心动神摇。又听道"你在幽闺自怜"等句，越发如醉如痴，站立不住，便一蹲身坐在一块山子石上，细嚼"如花美眷，似水流年"八个字的滋味。忽又想起前日见古人诗中有"水流花谢两无情"之句，再词中又有"流水落花春去也，天上人间"之句，又兼方才所见《西厢记》中"花落水流红，闲愁万种"之句，都一时想起来，凑聚在一处。仔细忖度，不觉心痛神驰，眼中落泪。

《会真记》也就是《西厢记》，这样讲述男女情爱的小说在古代是禁忌。宝玉的小厮茗烟为了给主子解闷偷偷给宝玉买了几本，宝玉就带进大观园里偷偷读。谁知道竟然被黛玉撞见，宝黛二人被书中张生和崔莺莺的真挚爱情所感动，二人此时也开始懂得彼此的心意。然而，黛玉听到《牡丹亭》里面杜丽娘游园惊梦的唱词时，又不禁感伤起自己孤苦无依的身世，感慨自己跟宝玉的两情相悦充满了阻碍，不由得落下泪来。正如前文的曲子《枉凝眉》唱的那样：

> 一个是阆苑仙葩，一个是美玉无瑕。
> 若说没奇缘，今生偏又遇着他；
> 若说有奇缘，如何心事终虚化？
> 一个枉自嗟呀，一个空劳牵挂。
> 一个是水中月，一个是镜中花。
> 想眼中能有多少泪珠儿，
> 怎经得秋流到冬尽，春流到夏！

到了近代，众多的翻译家开始把《红楼梦》这部旷世名著翻译成各种语言，这部伟大的作品逐渐被越来越多的外国读者阅读，他们对《红楼梦》给以极高的评价。1910年版《大英百科全书》中说道："《红楼梦》是一部非常高级的作品，它的情节复杂而富有独创性。"19世纪80年代，俄国的瓦西里耶夫评价《红楼梦》写得如此美妙，如此有趣，以致非得产生模仿者不可！1981年，法文版《红楼梦》正式出版，《快报》周刊评价："现在出版这部巨著的完整译本，填补了长达两个世纪令人痛心的空白。这样一来，人们好像突然发现了塞万提斯和莎士比亚。我们似乎发现，法国古典作家普鲁斯特、马里沃和司汤达，由于厌倦于各自苦心运笔，决定合力创作，完成了这样一部天才的鸿篇巨制。《红楼梦》是'宇宙性的杰作'，曹雪芹具有布鲁斯特的敏锐的目光，托尔斯泰的同情心，缪西尔的才智和幽默，有巴尔扎克的洞察和再现包括整个社会自下而上的各阶层的能力。"

而在《红楼梦》众多外文版本中，最值得一提的就是中国翻译家杨宪益和夫人戴乃迭女士共同翻译的英文版了。

杨宪益先生出生在天津，家境富裕的他从小就展露出杰出的才华与聪慧，中学毕业之后考取了英国牛津大学。要知道当时的牛津大学每年只招收一个亚洲学生。在牛津大学里，才华横溢的杨宪益通过朋友认识了一位金发碧眼的英国姑娘。姑娘出生在北京，她的爸爸是英国传教士，因此她从小就对中国文化有着浓厚的兴趣。结识了杨宪益之后，她很快被这个有趣又博学的中国青年吸引，两人相爱了。为了更多地学习中国文化，姑娘甚至转了专业，成了牛津大学首位中文学士。杨宪益还给姑娘取了一个中文名字叫作戴乃迭，后来带她回到了中国，两人结了婚。正是生活、情致和事业上的志趣相投，使他们成了彼此的知己，也成为共同翻译名著的工作伙伴。从此以后的60年，每一本出版的译著上，一定标注着"杨宪益、戴乃迭"两个人的名字，再也没有分开过。他们夫妇二人常常是杨宪益手捧中国的古典名著流畅口译，戴乃迭的手在打字机上飞翔一般流动。历经了十多年的磨难和努力，在1974年，夫妇二人终于翻译完了《红楼梦》，先后分成三卷在国外出版，引起了巨大轰动。之后他们二人又联手翻译了几十种中国名著，这样珠联璧合的合作使他们双双获得了"译界泰斗"的美誉，他们不仅创造了翻译史上的奇迹，更用一生成就了一个传奇。1999年，夫人戴乃迭去世以后，杨宪益写下了一首诗来缅怀他的爱妻：

> 早期比翼赴幽冥，不料中途失健翎。
> 结发糟糠贫贱惯，陷身囹圄死生轻。
> 青春作伴多成鬼，白首同归我负卿。
> 天若有情天亦老，从来银汉隔双星。

之后的十年，直到杨宪益先生去世，他再也没有翻译过任何著作。杨宪益、戴乃迭两位翻译家伉俪情深的故事，随着《红楼梦》这部千古名著，将永远留存在中华文化的长河中。